両親の借金を肩代わりしてもらう条件は日本一可愛い女子高生と一緒に暮らすことでした。
gonna live with you not because my pa
debt but because I like you
4

大槻《おおつき》秋穂《あきほ》
吉住《よしずみ》勇也《ゆうや》
Yuya Yoshizumi
一葉《ひとつば》楓《かえで》
Kaede Hitotsuba

日暮伸二《ひぐれしんじ》
Shinji Higure
宮本結《みやもとゆい》
二階堂哀《にかいどうあい》
Ai Nikaido

「どうですか、ご主人様？
似合っていますか？」

「どう？　似合うかな？」

ふたりは恋のライバルだし、友達……！

Character Profile

Takane Senkuji

Face Pattern

Takane Senkuji

千空寺《せんくうじ》貴音《たかね》

原津組組長を母方の祖父に持つ美女。ホテル経営で世界に名を轟かす千空寺グループの令嬢。幼い頃に勇也と知り合い、小学校の頃は一緒に登下校したこともある仲。勇也の初恋相手……？

Contents

I'm gonna live with you not because my parents left me their debt but because I like you

※この作品は『カクヨム』に連載したものを加筆修正しています。

両親の借金を肩代わりしてもらう条件は日本一可愛い女子高生と一緒に暮らすことでした。4

雨音 恵

ファンタジア文庫

3145

口絵・本文イラスト　ｋａｋａｏ

I'm gonna live with you not because my parents left me their debt but because I like you

Yuya Yoshizumi　Kaede Hitotsuba

4

両親の借金を肩代わりしてもらう条件は日本一**可愛い女子高生**と**一緒に暮らす**ことでした。

I'm gonna live with you not because my parents left me their debt but because I like you

PROFILE

Yuya Yoshizumi

吉住勇也

両親に借金を残して去られた不憫な男子。高校２年生。その借金を代わりに返済してくれた一葉家の娘、楓といっしょに暮らすことに。恋愛には奥手だが、無自覚に甘いセリフを吐いたりする。

Kaede Hitotsuba

一葉楓

大手電機メーカーの社長令嬢にして、ミスコンでグランプリを獲得した才色兼備の高校２年生。学校ではクールな美少女、家では無邪気な女の子。勇也に以前から想いを寄せていて、恋人同士に。

Yui Miyamoto

宮本結

一葉家の使用人・宮本の一人娘。母親が英国人の血を引いている理由から、金髪碧眼の16歳。楓とは幼い頃から知り合いで姉妹のように仲が良い。

Shinji Higure

日暮伸二

人なつっこい性格の犬系男子。勇也とはサッカー部の相棒で親友。密かな女子人気はあるものの、彼女である秋穂以外には興味のないドライな一面も。

Akiho Otsuki

大槻秋穂

楓のクラスメイト。明るくてチャーミングを体現したような女の子。勇也や楓の周りを引っ掻き回すムードメーカー的な存在。

Ai Nikaido

二階堂哀

勇也の隣の席の女子。中性的な美少女で学校では楓と並ぶ有名人。バスケ部のエースで、イケメンな王子様として女子人気が高い。

第1話・綺麗《きれい》な花火には手は届かない

I'm gonna live with you not because my parents left me their debt but because I like you

「好きだよ、勇也《ゆうや》。私は誰よりも君のことが好き」

儚《はかな》げな笑みを浮かべて積年の思いを告げる二階堂《にかいどう》の頬に一筋の涙が伝う。

夜空に打ち上がっては儚く消えていく色鮮やかな花火達。その一瞬の輝きに照らされた彼女の姿は息をするのも忘れるほど綺麗で、どんな名画に描かれている女神よりも美しかった。

「……ありがとう、二階堂」

心の痛みに耐えながら俺が口にしたのは感謝の言葉。

取り柄のない俺と友達になってくれたこと。俺の努力を見ていてくれたこと。昼休みの冬の屋上で背中を押してくれたこと。そして、俺のことを誰よりも好きだと言ってくれたこと。

その全てに対して俺は〝ありがとう〟と告げる。

「でもごめん……俺は、二階堂の気持ちに応えることは出来ない」

もしこれが一年前だったら、きっと答えは変わっていたかもしれない。でも今、俺が心から好きだと言える女の子はただ一人。それは二階堂ではない。


〝こんにちは、吉住《よしずみ》君。あなたを助けに来ました〟


突如人生の窮地に現れた女神様との鮮烈な出会い。その人は両親に捨てられて真っ暗な世界に叩《たた》き落とされた俺を助けてくれて、さらに光をくれた。弱くて情けない俺を傍《そば》で支えてくれて、どこにも行かないから安心してくださいと言ってくれた。

二階堂は彼女のことを〝はるか雲の上にいる女の子〟と言っていたが決してそんなことはない。なんてことないことで笑うし、拗《す》ねるし、ちょっと、いや時々顔を赤くしながら大胆に迫ってくるけどやり返すと恥ずかしがって照れてしまう。本当に普通の女の子だ。

「俺は不器用だから、どう言ったら二階堂を悲しませないで済むかわからないんだ。だからはっきりと言うね」

「……勇也」

胸がズキズキと痛いくらいに激しく鼓動する。だがこの激痛に負けるわけにはいかない。

今日の前で静かに涙を流している女の子はもっと苦しいはずだから。キラキラと光る瞳をしっかり見据えて言葉を紡《つむ》がないといけない。それが俺に出来るせめてもの贖罪《しょくざい》だ。

「俺にとっての特別は楓《かえで》さんで、愛しているとまで言えるのも楓さんだけ。それはきっとこの先ずっと変わらないと思う。だから俺への気持ちは――」

諦めて忘れてくれ。そう言おうとした俺の口を塞ぐように、二階堂がそっと指を添えてきた。涙は止まり、口元には笑みが零《こぼ》れ、胸の痞《つか》えが下りたのか表情にも明るさが戻っていた。

「それ以上は言わないでいいよ、勇也。ううん、言わないでほしいかな」

「二階堂……でも俺は……」

「勇也を好きって気持ちは、残念ながらそう簡単に忘れることは出来ないよ」

どうしてそこまで俺のことを想《おも》ってくれるんだ。俺は二階堂の気持ちに応えてあげることは出来ないんだぞ。それに二階堂なら俺なんかより素敵な人に出会えるはず。俺のことはきっぱり忘れて次の恋へ進んだ方がきっと幸せなはずなのに。

「想いを告げたらそれで終わりに出来るほど私は器用じゃないよ。そうじゃなかったら、一年近く好きでいられるわけがないでしょう？」

「それは……そうかもしれないけど……」

「勇也を好きだったことは、この先もずっと私の中に残ると思う。でもそれは決して哀《かな》しい思い出じゃないよ」

そう言って二階堂は俺の胸をポンと拳で叩いた。一瞬、その手を取りたい衝動に駆られるけれど歯を食いしばって耐える。俺に彼女の手を取る資格はない。もう誰の手を握るか決めているのだから。

「私の初恋は実らなかったけど、勇也は私の大切な友達だよ。だからね、こんなことを言うのはおかしいかもしれないけれど、これからも変わらず、友達として、一緒にいてくれないかな？　お願い、勇也」

期待と不安が入り混じった複雑な表情で俺を見つめる二階堂。その瞳は揺れていて、うっすらと雫《しずく》の帳《とばり》も下りている。

想いが実らなかったらそこで友情が途切れてしまうことは往々にしてあることだ。だけどそんなことで崩れてしまうような関係なら、俺と楓さんが付き合っていることが知られた時点で終わっている。

「……お願い、なんて哀しいことを言うなよ、二階堂。俺にとって二階堂は大事な友達なのは変わらない。それこそ多分、この先もずっとな」

目頭が熱くなるのを自覚しながら俺は震える彼女にこう返した。その答えが二階堂にとって望んだものだったのかはわからない。でもその顔には笑みが浮かんだ。

「……ありがとう、勇也。それじゃ改めて、これからもよろしくね」

切なさの中に確かな喜びが混じった微笑《ほほえ》みとともに二階堂から差し出された手を俺は優しく握る。

気が付けば、夏の夜空を明るく彩《いろど》る花火の饗宴《きょうえん》はまもなく折り返しに入ろうとしていた。確かこの後は音楽に合わせて花火の打ち上げが行われるはず。百発近くの尺玉を一気に空へと解き放つ圧巻のクライマックスにはまだ十分間に合う。楓さんとその瞬間を観《み》ることが出来るだろう。

「みんなも心配しているかもしれないからそろそろ行くか」

「そうだね。このまま勇也と二人で眺めるのも悪くないけど、そんなことをしたら一葉《ひとつば》さんになんて言われるかわからないからね。急ごうか」

再び二階堂の顔に笑みが戻り、小走りで階段を上っていく。いつもより華奢《きゃしゃ》に見える彼女の背中を追って俺も走り出す。

「ねぇ、勇也。最後に一つだけ、聞いてもいいかな？」

「別に構わないけど……なんだ？」

「もしも私と一葉さんから同時に告白されたら、キミはどっちを選ぶ？」

ある意味究極の問いかけに俺はわずかに逡巡《しゅんじゅん》してからはっきりと答えた。俺が選ぶのは——

＊＊＊＊

「ヨッシーたち中々戻ってこないね。もしかして道に迷っているのかな?」

私こと一葉楓は秋穂《あきほ》ちゃんと日暮《ひぐれ》君の三人で花火が始まるのを待ちながら、荷物を預けに行ったきり中々戻ってこない勇也君達のことを心配していた。

場所はすでに連絡してあるし〝これから向かうね〟とちゃんと返事も来たので迷っていることはないと思う。三人の身に何かあったのだろうか。

「楓ねぇ———! お待たせっ!」

ぴょこぴょこと手を振りながら飛び跳ねている女の子が見えた。英国人の血を引いたビスクドールのような可愛《かわい》らしい容姿と浴衣《ゆかた》が絶妙なギャップを演出しており、夜空に浮かぶ月のように綺麗な金髪と相まって道行く人の視線が彼女に向けられる。

「お帰りなさい、結《ゆい》ちゃん。あれ？　勇也君と二階堂さんは一緒じゃないんですか？」

勇也君と一緒に荷物を預けに行った結ちゃんは、しかし一人で私達のところにやって来た。そもそも勇也君と離れ離れになったのは、彼が兄と慕う大道《おおみち》さんが開いていた射的屋を開店休業に追い込むまで結ちゃんが景品を大量に取ったからだ。

「あはは……ごめん、楓ねぇ。途中まで一緒だったんだけど気付いたらはぐれちゃってた。二人はまだ来てないの？」

「そうなんです。もうすぐ花火が始まるのに……もしかして何かの事件に巻き込まれたとか⁉　もしそうだったら……」

「うん、楓ねぇはコ〇ンの見すぎだね。事件なんてそうそう起きるもんじゃないよ。いや、でもある意味事件は起きているかも……」

結ちゃんが最後ボソッと呟《つぶや》いたことは、花火が打ち上がる音でかき消されて聞き取ることが出来なかった。

「わぁぁっ！　すっごく綺麗！　楓ねぇも一緒に観ようよ！」

「でも勇也君が……勇也君と一緒に観たいのに……」

純黒の夜空に咲き誇る色鮮やかな花々。咲いては刹那のうちに白煙となって散っていくその儚さに、最大級の美しさが宿る。秋穂ちゃんや日暮君、結ちゃんだけじゃない。ここにいる観衆全員が息をするのも忘れて見入っている。

「勇也君、早く来ないかな……」

この中で私だけが、視線を空に向けるのではなくてまだ来ぬ一人の男の子を探している。

静寂を切り裂く轟音《ごうおん》が絶え間なく鳴り響き、鮮やかな花火が打ち上がるたびに歓声が上がる。


オープニングが終わり、続いて始まったのは音楽に合わせて打ち上げるミュージック・スターマイン。最新の流行曲から懐《なつ》かしい夏の名曲、アップテンポやバラードなど、バリエーション豊かな音楽に合わせて色彩豊かな花火が空を鮮やかに染め上げていく。

静かな観賞から一転してさながらライブ会場のように盛り上がる。テンションが早くも最高潮に達した秋穂ちゃんは楽しそうに飛び跳ねている。そのたびに私以上の果実が派手に揺れるので日暮君は顔を赤らめながら必死に視線を逸《そ》らす。

「大丈夫、ママは大きいから私だっていつかあんな風になる。なってみせる……チクショウッ！」

それを恨めしそうに眺める結ちゃんが呪詛《じゅそ》を吐き出す。もしもこの場に勇也君がいたら苦笑いをしながらこう言うだろう。

『だ、大丈夫だよ、結ちゃん。大きさが全てじゃないから！』

そしてまた結ちゃんが怒る未来を私は見た。勇也君は結ちゃんに対してだけフォローするどころか追い打ちをかけることが時々ある。でもそれはきっと〝私にとって妹のような子〟である結ちゃんと勇也君なりに距離を縮めようと頑張っているからだと思う。それがちょっと、多少、今は空回りしているだけ。

「――でさん！　楓さんっ！」

曲が終わり、クライマックスに向けて準備をしている間に訪れた静寂の中を切り裂くように。待ちわびていた男の子の声がやっと聞こえた。私は彼の名前を呼びながら大きく手を振り居場所を伝える。

「はぁ、はぁ、はぁ……ごめん、楓さん。遅くなった！」

珍しく勇也君は膝に手を突いて荒い息を整える。額には大粒の汗も滲《にじ》んでいる。慣れない浴衣と下駄《げた》で走って来たから疲れたのかな。

「もう……いつまで経《た》っても来ないので何かあったんじゃないかって心配したじゃないですか……」

「ハハハ……音楽が鳴り出した時にはこの辺りに着いたんだけど、思っていた以上に人の波がすごくてさ。掻《か》き分けてくるのが大変だったよ……」

苦笑いを浮かべながら話す勇也君。そんな彼の背中を私がさすっていると、同じく遅れ

てやって来た二階堂さんが、

「一葉さんにも見せたかったなぁ。あまりの人の多さに迂回《うかい》できる道を探そうって吉住に提案したら〝いや、時間が惜しいから突っ切る〟って啖呵《たんか》切ったんだよ？　一秒でも早く愛《いと》しの一葉さんに会いたかったんだね」

「しょうがないだろう。ただでさえ間に合うかわからなかったのに回り道していたら終わると思ったんだよ。まぁ楓さんと早く合流したいっていうのは本当だけど」

「もう、勇也君たら……はい、これで汗を拭いてください。あ、花火が打ち上がりましたよ！　ここから怒濤《どとう》の百連発が始まりますよ！」

　黒に黒を重ねたような夜空に向けて、一筋の閃光《せんこう》が静かに奔《はし》る。尺玉が花開き、紫紺の楕円《だえん》が空に浮かぶ。そしてそれをきっかけに二発目、三発目と続いていく。黄金色《こがねいろ》の大円や桜色の小円。青や緑と見るも鮮やかな花々が夜空を飾る。

　それだけでも十分綺麗《きれい》なのに、花火特有のぴゅぅぅという口笛にも似た小気味好《よ》い音が聞こえてきたと思ったら、ひと際《きわ》大きな轟音とともに大小様々な大量の花円が咲き乱れ、すぐに散ってもまた咲いて。息つく暇もなく純黒の空を燦々《さんさん》と照らし続ける。

　こんな綺麗な光景を大好きな人と観ることが出来て、私はとても幸せだ。

「花火……すごく綺麗ですね、勇也君」

「そうだね……花火、すごく綺麗。来年も観に来ようね」

どんな顔をしているのか気になって視線を向けたら勇也君もまた私のことを真剣な表情で見つめていた。閃光で照らされる勇也君の顔はなんだかいつも以上に凜々《りり》しく見えて、心臓の鼓動が速くなる。

「はい。来年と言わず毎年みんなで一緒に観に来ましょうね」

「でもいつか楓さんと二人で……」

甘く蕩《とろ》けるような、それでいてどこか切なげな勇也君の呟きは花火の轟音によってすぐにかき消されて最後まで聞き取ることは出来なかった
私は空を見上げながら、隣に立っている勇也君の手をそっと握って指を絡《から》めると、すぐにギュッと握り返してきてくれた。だけどその手は心なしか震えていた。

「大丈夫ですか、勇也君？」

「ん？　俺は全然、まったく、いつも通りだよ？」

平然を装《よそお》っているつもりでしょうが、勇也君の心境はバレバレです。ズバリ、本心では私に甘えたがっていますね？　私は微笑みながら勇也君の腕にギュッと絡みついて身体《からだ》を寄せた。

「ちょ、楓さん？　いきなりどうしたの？」

「フフッ。勇也君が私に甘えたそうにしていたので逆に甘えてみました。ダメでしたか?」

「……ダメじゃないよ」

優しい声で勇也君は言うと、私の肩に頭をコツンと乗せてきた。いつもなら顔を真っ赤にして照れるだけなのに、今日はやけに素直です。まるで傷を負った鳥が羽を休めるかのように私に凭《もた》れかかって来る。ここまで精神的に弱った勇也君を見るのはそれこそご両親に捨てられてしまった日の夜に見て以来です。

「大丈夫ですよ、勇也君。私はここにいますから、安心してください」

「……ありがとう、楓さん」

そう言って勇也君は私に身も心も預けるようにさらに身体を寄せてゆっくりと目を閉じた。うん、甘えん坊さんになる勇也君もいいですね。ください!　そういうの、もっとください!

「……あぁ、っほんっ!　楓ねぇ、吉住先輩。そういうことは家に帰って二人きりの時にしてもらっていいですか?」

結ちゃんが呆《あき》れの中にほんのわずかな怒りを添えたような声で話しかけてきたところで私と勇也君の二人きりの世界は終わりを告げた。辺りを見渡すとあれだけいた大勢の人が

一斉に帰宅に向けて歩き出していた。というかいつの間に花火は終わっていたのでしょうか。

「そもそも！　最高のフィナーレを観《み》ずにイチャイチャするのはどうかと思います!?　あれですか、いつもと違う非日常の空気に酔った感じですか!?」

ガウガウと吠《ほ》えながら地団駄を踏むという奇妙な怒り方をする結ちゃん。そんな可愛い私の妹分を慰めたのは同じ部活の先輩である二階堂さんだった。

「結、そんなに怒らないであげて。夏祭りの夜はそれくらい特別なものなんだよ」

ポンポンと結ちゃんの肩を叩《たた》いて落ち着くよう宥《なだ》める二階堂さん。いつもなら勇也君に小言の一つや二つ言うのに珍しい。あれ、よく見たら二階堂さんの目元が少し赤くなっているような？

「吉住先輩はいつまで楓ねぇに引っ付いているつもりですか!?　もしかしてあれですか、〝楓さんは俺の女だ〟アピールですか!?　チクショウ！」

目をトロンとさせて勇也君と私は腕を組んで密着していました。結ちゃんに指摘されて我に返った勇也君は顔を真っ赤にして飛び退《の》くように慌てて離れた。

「ご、ごめん、楓さん！　なんか感傷に浸りたくなったというかなんというか……とにかくごめん！」

「いいんですよ。いつも私が甘えてばっかりなのでたまには勇也君も甘えてくださいね？　何度も言っていますが、私はいつでもウェルカムですから！」

ドヤっと私は胸を張ると勇也君はさっと顔を逸らした。でも視線がほんの一瞬だけ私の胸元に釘付《くぎづ》けになったことに私は気付いていますからね。そういう初心《うぶ》なところも可愛《かわい》くて好きです。

「まったく……すぐそうやってイチャイチャし出すんだから……」

やれやれと呆れた様子で肩をすくめる二階堂さん。私の考えすぎかもしれないけれど、二階堂さんの雰囲気が少し変わったような気がする。重荷になっていたモノから解放されてスッキリとした感じ。これまであったどこか私への遠慮がなくなったような気もする。もしかして勇也君と二階堂さんが遅れてきた理由って――

「はいはい！　お祭りも終わったことだしそろそろ帰るよ！　いつまでもここにいたら真っ暗で歩けなくなっちゃうよ？」

秋穂ちゃんが〝なんならこのまま肝試しでもしちゃう？〟と提案してきたのを結ちゃんが全力で拒否して、解散となった。

駅まではみんなと並んで歩き、電車に乗ったら来た時と同じように勇也君と二人きりになる。家に着くまでの間、普段は恥ずかしいと言ってしないのに、勇也君はずっと私の手を握っていた。

「はぁふぅ……お祭り楽しかったですね！　花火もすごく綺麗でしたけど、慣れない格好をすると疲れますね」

家に着くなり私は着の身着のままでベッドにダイブした。人混みの中を浴衣《ゆかた》で歩き回ったせいでくたくたです。油断したらこのまま夢の中へ落ちちゃいそうです。

「もう……ダメだよ、楓さん。寝るならせめてパジャマに着替えないと。汗もかいているんだし、このまま寝たら風邪ひくよ？」

そう言って勇也君はぽすっと私の横に腰を下ろすと、優しく微笑《ほほえ》みながら私の頭を慈《いつく》しむように撫《な》でてくれた。その手はとても暖かくて心地良くて、私は彼に愛されているんだなぁと実感する。

「……楓さんに一つ、伝えておかないといけないことがあるんだけど、聞いてくれるかな？」

穏やかな声音で勇也君がポツリと呟《つぶや》いた。私はゆっくりと身体を起こして勇也君と向き合うように座り、こくりと頷《うなず》いた。

「実は今日……花火が打ち上がる前に二階堂から告白されたんだ」

私の思っていた通り、やっぱり二階堂さんは勇也君に想《おも》いを告げたんですね。普通なら恋人がいるのに告白するなんて、と怒るところかもしれないけど不思議なことに私の中にそういった感情は微塵《みじん》も生まれなかった。

「二階堂はさ。俺が楓さんのことを好きなのを……楓さんしか見ていないことをわかった上で告白してきたんだ。これ以上、後悔したくないからって……」

二階堂さんの気持ちは痛いくらいにわかる。だって私もそうだったから。初めて心から好きになった男の子と話すら出来ずにお別れするなんて耐えられなかった。

「もちろん断ったよ。俺が好きな女の子はこの先もずっと楓さん一人だからね。どんなことがあってもそれは変わらないよ」

「ありがとうございます、勇也君。勇也君も辛《つら》かったですよね」

泣きそうな顔で必死に言葉を紡《つむ》ごうとする勇也君を、さながら聖母マリアが赤子を抱くように、抱き寄せて優しく胸の中で包み込んだ。

告白はすごく勇気がいることだけど、その好意を断るのだって同じくらい勇気がいる。ましてや勇也君と二階堂さんは一年以上も隣の席で同じ時間を過ごした親友のような関係だから尚更《なおさら》のはずです。

「ごめんね、楓さん。なんか今日は甘えてばっかりで……」

「フフッ。もっとたくさん甘えてくれてもいいんですよ？　むしろ私としては普段からもっと甘えてほしいくらいです！」

私ばっかり勇也君に甘えているので、時々は甘えてもらわないと帳尻が合わない。何事もやっぱりバランスが大事です。

「それなら今夜はたくさん楓さんに甘えちゃおうかな」

「望むところです！　お風呂《ふろ》で背中を流してあげますし、歯磨きも私がしてあげます。そして寝る前には膝枕で耳かきをして、勇也君が眠れるまでこうしてギュッてしてあげます。こんなフルコースはどうですか？」

「至れり尽くせりだね。そんなことされたらダメ人間になりそうだから遠慮しようかな。あ、でも膝枕で耳かきはしてほしいかも」

「フフッ。わかりました。あとでしてあげますね。でも遠慮しないでいいんですよ？　私の前ではダメ人間になってください。前にも言いましたけど、一人で抱えないでくださ い」

いつも勇也君がしてくれるように、私は彼の頭を優しく撫でる。そうしてしばらく抱きしめていると、勇也君は落ち着きを取り戻して〝もう大丈夫。続きは寝る時に〟と言って身体を離した。

そして話を再開した。

「二階堂はこうも言ってたよ。自分は話の合う友人って関係を壊したくなくて一歩を踏み出すことが出来なかったけど、一葉さんは気にせず懐《ふところ》に飛びこんだ。それが運命の分かれ道だったって」

ようやくわかった。二階堂さんと私はさながら合わせ鏡のような存在だ。

もしも勇也君のご両親が借金を残して海外逃亡していなかったら。お母さんが私のわがままを聞いてくれなかったら。勇也君とこうして一緒に暮らしていなかったら。もしかしたら勇也君の隣にいるのは私じゃなくて二階堂さんだったかもしれない。

「でも今俺の隣にいるのは楓さんで、それは俺が心から望んだことだからさ。きっとこれが運命だったんだよ。なんて言うのはちょっとロマンチックが過ぎるかな？」

「フフッ。時々ロマンチストになる勇也君、私は好きですよ」

頬をポリポリと掻《か》いて恥ずかしそうに笑う勇也君に釣られて私も笑みが零《こぼ》れる。明るい兆《きざ》しが出てきたところで聞くのも申し訳ないと思いつつ、私は最後の質問をする。

「あの……勇也君。二階堂さんとはこの後どうするんですか？　私が心配することじゃないかもしれませんが、友達じゃなくなるなんてことは……？」

「あぁ、そういうことはないよ。今まで通り、かどうかはわからないけど少なくとも俺と二階堂は話の合う友達のままだよ。そうじゃなきゃ、一緒に花火を観たりしないよ」

勇也君は苦笑いをしながらもはっきりと断言した。すごいな、二階堂さんは。もし私が彼女の立場だったらきっと泣いて一緒に花火を観ることは出来ないと思う。

それが出来るということは、本当にこの告白は彼女の中でケジメをつけるためのものだったのだろう。私だったらケジメをつけるために告白することは出来ないし、ましてや友達でいるなんて――二階堂さんは強いなぁ。

「わかりました。勇也君がそう言うなら私も変わらず二階堂さんと接していきますね。むしろ変な気遣いとかは――」

「しない方がいいと思う。むしろ二階堂のことだから〝私の前でイチャつかないのは却《かえ》って当てつけだよ？〟とか言って怒りそうだ」

「フフッ。そうですね。二階堂さんならそう言って私達に怒りだしそうですね。イチャイチャしないで怒られるのも変な話ですけどね」

確かにな、と勇也君は笑いながら言った。よかった。これでようやく重苦しい空気も晴れたかな。

「少し長くなったけど話を聞いてくれてありがとう、楓さん。時間遅いし、そろそろ浴衣から着替えて寝る準備をしようか」

そう話す勇也君の顔にいつもの明るさが戻って来たか。これならもう大丈夫ですね。そうとなればここから先は私のターンです。

「そうですね。それではまず浴衣の帯を外してもらってもいいですか？」

「……はい？」

「お母さんは胸元をはだけさせながら押し倒せ、と言っていましたが私にはほんのちょっぴりハードルが高いので、勇也君の手で浴衣をはだけさせてほしいなぁと思いまして……ダメですか？」

「いやいや⁉　何を言っているんですか、楓さん！　むしろそうやって迫る方がハードル高いと思うけど⁉　富士山《ふじさん》とエベレストくらい違うと思うよ！」

勇也君はささっと素早く後退しますが残念でした。そちらは壁なので逃げ場はありませんよ？

「お願いします、勇也君。浴衣の帯を外してください。もう私……我慢出来ないんです」

「んんっ⁉　ち、ちなみに聞くけどなにを我慢出来ないんですか？」

私は四《よ》つん這《ば》いになってゆっくりと勇也君との距離を詰める。勇也君が顔を真っ赤にして視線を胸元と天井を行ったり来たりさせているのがとても可愛い。

「フフッ。そんなに恥ずかしがらずに見ていいんですよ？　むしろ私としては……もっと勇也君に見てほしいです」

「か、楓さん……」

ごくりと生唾を飲み込みながら、勇也君は恥ずかしそうにしながら視線を私の顔から下に向けた。そんな彼にもっとよく見てほしくて、私はすぅと胸元を大きくはだけさせた。浴衣から純白の下着とそれに包まれた果実が見えて、勇也君の顔面温度がますます上昇して首まで赤く染まる。

「勇也君……お願いします。早く、帯を解《ほど》いてください。きつく結ばれているせいでお腹《なか》が苦しいんです……勇也君の手で楽にしてほしいです」

「……わかったよ、楓さん」

俯《うつむ》き、大きく深呼吸を一つしてから顔を上げた時。勇也君は覚悟を決めた男の顔になっていた。その表情がとても凛々《りり》しくカッコよくて私の心臓がキュンと高鳴り、頬が熱く火《ほ》照《て》るのを感じる。

そんな私のことを知ってか知らずか、勇也君は四つん這いになっている私を優しく抱きしめて後ろに回した手で帯をさっと解いた。だけど今日の勇也君はここで終わりじゃなかった。

「……楓さんがいけないんだからね」

「へぇ？　ちょ、勇也君、何を……!?」

なんとあの勇也君が私のことを優しくベッドに押し倒したのだ。まさかの事態に私はひゃうっと情けない悲鳴を上げてしまった。

「浴衣をはだけさせながら迫るなんて卑怯《ひきょう》だよ、楓さん。さすがの俺も我慢出来なくなる」

「……我慢出来なくなったら、勇也君はどうするんですか？」

この問いかけに勇也君はすぐに答えず、期待と不安で濡《ぬ》れているであろう私の瞳をじっと見つめる。

夏の夜、静寂な寝室で見つめ合っていたのは一秒か、一分か。永遠とさえ思える時間をすごしたのち、勇也君はゆっくりと口を開いた。

「我慢が出来なくなったので……こうします」

言うや否《いな》やこれまでの静止が嘘《うそ》のような手際《てぎわ》の良さで私のはだけた浴衣を整えると、勇也君は脱兎《だっと》の如《ごと》くベッドから降りて出口へ向かった。ちょっと、勇也君！　ここまできてお預けですか⁉　いけずにもほどがありますよ⁉

「いいですか、楓さん。物事には順序があるんです。今はその時じゃない」

「……え？　勇也君、今なんて……？」

いつも怒って逃げるか気を失ってしまう勇也君の口から飛び出た驚きの発言。言葉の裏を返せば、その時が来たら勇也君は私と愛の契《ちぎ》りを交わしてくれるともとれる。

「はい！　この話はお終《しま》いですっ！　ほら、さっさとお風呂に入って寝る準備するよ！

膝枕をしながら耳かきしてくれるんでしょう？」

「はい！　極上の耳かき体験を勇也君にプレゼントします！　でもその前に勇也君の背中を流してあげますね！　安心してください、バスタオル巻きますから！」

腕にぴょんと抱き着いた私の頭を勇也君は慈愛に溢《あふ》れた穏やかな顔でポンポンと撫《な》でてくれた。

「勇也君、ありがとうございます。大好きです」

「俺も……大好きだよ、楓さん」

幕間《まくあい》・報告会

I'm gonna live with you not because my parents left me their debt but because I like you

吉住《よしずみ》と一葉《ひとつば》さんが電車に乗ったのを見送ってから、私——二階堂哀《にかいどうあい》——はお節介を焼くのが好きな後輩と二人でファミレスに来ていた。というよりも無理やり拉致された。

「心配しなくても大丈夫ですよ、二階堂先輩。パパに連絡してあるので家まで車で送りますから。なので時間は気にせず、ゆっくりしっぽり、何があったのか話を聞かせてもらいますからね」

覚悟してくださいねと決め顔で言い放つ結《ゆい》。やれやれとため息をつきたいところだけれど、この夏、結には何度も背中を蹴飛ばしてもらってお世話になったからね。そのお礼を込めて報告をするとしよう。

「では早速。花火の打ち上げに間に合わず、吉住先輩と遅れてやって来た理由から教えていただけますか？」

「それが全てのような気もするけど……まぁいいか。結のことだから察しがついていると思うけど、打ち上げに間に合わなかったのは吉住に告白していたからだよ」

「……え？　マジですか？」

あんぐりと口を開け、まるで宇宙人と遭遇したかのような驚愕《きょうがく》の表情を浮かべる結。

あれだけ私の背中を押しておきながら、まさか本当に告白するとは思っていなかったみたいな反応だね。

「た、確かに色々アドバイスをしましたし、今日も吉住先輩と二人きりになれるようにしました。でもまさか本当に告白するとは思っていませんでした。ごめんなさい」

そう言って結はぺこりと頭を下げた。

「別に謝ることじゃないよ。私だって告白するつもりはなかったからね。でもあの時、花火が打ち上がる直前。吉住が私の心を盗んだ時と同じ顔をしたから我慢できなくなっちゃった。てへっ」

「いやいや。可愛《かわい》いですけどてへっじゃないですよ、二階堂先輩。それで、吉住先輩はなんて？」

「フフッ。本当に根掘り葉掘り聞くんだね。吉住にはきっぱりと断られたよ。それはもう容赦なくバッサリとね」

少しくらい悩んでくれてもいいじゃないかと思う反面、彼が決して揺らがないことはわかっていたことだ。そんなこと、吉住を見ていればわかる。

「吉住の特別は一葉さんだけで、それはこの先も変わることはないってさ。まだ高校生なのにそこまで言い切るんだからすごいよね」

「心の中で思っているだけじゃなくてそれを言葉に出来るのが吉住先輩のすごいところですよね。吉住先輩はそれくらい楓《かえで》ねぇのことが好きなのかぁ……」

「結も一葉さんの妹分としては吉住に何か思うところはあるんじゃないの？　その辺りすごく興味あるな」

頬杖《ほおづえ》を突き、口元を緩めながら私は結に尋ねた。姉と慕っていた人がちょっと会わない間に恋人が出来ていて、しかも毎日イチャイチャを見せつけられてどう思っているんだろうか。

「それはもちろん、最初は複雑でしたよ。やっと再会できたと思ったらいきなり楓ねぇが〝この人は私の彼氏で未来の旦那さんです！〟って吉住先輩のことを紹介してきたんですよ？　それを言われた私はプチパニックですよ」

ぷんすかと怒りながら結はベルを押して店員さんを呼んだ。私はあまりお腹が空《す》いていないのでドリンクバーだけにしたが、結はそれに加えてパンケーキを注文した。21時を回った時間にがっつり甘い物を食べるなんて勇者だね。

「私は二階堂先輩や楓ねぇと違って育ち盛りだからいいんです！　一日でも早くこの寸胴《ずんどう》体形とオサラバするための必要経費みたいなものなんです！」

その一葉さんも絶賛発育中という話だけど、それは口にしないでおこう。怒りが悲しみに変わって泣かれても面倒だ。

「話を戻しますけど、楓ねぇや二階堂先輩が吉住先輩に惹《ひ》かれる気持ちはよくわかります」

「その心は？」

「誰に何と言われようとも、たとえ報われなかったとしても挫《くじ》けずに頑張り続けることが出来る強い心を持ちながら、人知れず涙を流す弱い一面もある。そんな姿を見たら支えてあげたいって思うじゃないですか！」

なぜか不満げに頬を膨らませる結。そしてどこか拗《す》ねた様子で言葉を続けた。

「しかも楓ねぇのことを〝好き〟な気持ちを心の中で思っているだけじゃなくてちゃんと言葉にするじゃないですか？　私の偏見かも知れませんが、思春期の男の子って恥ずかしがって中々〝好き〟って言わないですよね？　挙句の果てには〝楓ねぇだけが特別で、この先ずっと変わらない〟なんて歯の浮くようなセリフを真剣な顔で言うんですからすごいですよ。私もそれくらい想《おも》われてみたいです」

感嘆と呆《あき》れが混じった複雑なため息をつく結。歯の浮くようなセリフとは言い得て妙だね。まぁでもそう言いきれるくらい吉住は一葉さんのことが好きって証拠だね。結の言う通り、私も彼にそれくらい想われたかったな、なんて考えるのはよそう。

「私の周りにいる男の子も吉住を除けば言わない……ってあれ、おかしいな。全然そんなことないんだけど？」

「アハハ。日暮《ひぐれ》先輩も大槻《おおつき》先輩大好きオーラ全開ですからねぇ。あと二階堂先輩の周りにいる男の子って言えば……あぁ、八坂《やさか》君ですね？」

「うん。あの子に告白されたのがそもそもの始まりだったんだよね。答え、まだ言えていないんだよね」

みんなで沖縄旅行に行く直前に、結のクラスメイトであり男子バスケ部の一年生、八坂保仁《やすひと》君に私は告白された。その返事を言えないまま、夏が終わろうとしている。

「八坂君もわかっていると思いますよ。二階堂先輩が誰のことが好きで、その人に告白してフラれても、二階堂先輩の好意がすぐに自分に向くことはないってことも。きっと八坂君はわかっていると思います」

「へぇ……結は八坂君のことをよく理解しているんだね」

「何を隠そう、私は八坂君から恋愛相談を受けましたからね！　朝から深刻な顔で〝ねぇ、宮本《みやもと》さん。二階堂先輩って、好きな人いるのかな?〟って言われる仲ですから!」

ドヤ顔で胸を張る結。よし、次に八坂君に会ったら相談する相手を替えた方がいいよとアドバイスをしてあげよう。

「まぁ八坂君のことはポイっとして。吉住先輩の話ですけど、私から言わせたらあの人はあれです、少女漫画のイケメン主人公です。楓ねぇが夢中になるのも仕方ありません」

「ハハハ。言われてみればそうだね。カッコよくて、サッカーも上手《うま》くて、努力も出来て、しまいに最近は勉強にも力を入れて成績は右肩上がり。ホント、こんな男の子滅多にいないよね。はぁ……やっぱり好き」

テーブルに突っ伏しながら私は小さく呟《つぶや》いた。

思い出すのは花火が打ち上がる中、見たことないくらい真剣な顔で必死に言葉を紡《つむ》ごうとする吉住の顔。色鮮やかな閃光《せんこう》に照らされた彼の顔はすごく凛々《りり》しくて、カッコよくて、思い出すだけでドキドキする。

「二階堂先輩、本当にフラれたんですか? 実は告白したっていうのは嘘なんじゃないですか?」

はちみつをたっぷり塗りたくったパンケーキにナイフを入れながら、心底呆れた顔で結が言う。

「ちょっと、結。それはどういう意味？　私はちゃんと吉住に告白をして、きっぱりとフラれたよ？」

「それじゃフラれた顔をしてくださいよ。なんですかさっきの呟きは？　もしここに八坂君がいたら今頃救急搬送されていますよ？」

「いや、ますます意味がわからないんだけど……」

「だーかーら！　それくらい今の二階堂先輩は可愛いってことです！　むしろ同性の私も〝やっべぇ、二階堂先輩めっちゃ可愛い抱きしめてぇ〟って思ったくらいなんですからね！　耐性のない八坂君なら瞬コロ間違いなしですよ！」

話しながら結はパクパクと一口サイズに切り分けたパンケーキを口へ放り込む。見ているこっちが胃もたれしそうになるのによく食べられるね。

「結……今の発言は酔っ払った中年オヤジみたいだから気を付けてね？　というか見た目とのギャップがありすぎて困惑するんだけど……」

夜空に浮かぶ月のように綺麗《きれい》な金髪と宝石のような碧眼《へきがん》。英国人の血を引いているので日本人離れした可愛い容姿。そんな女の子から飛び出していい言葉ではない。

「んぅ、っこく……私の中のリトル結がそう思うくらい、さっきの二階堂先輩は可愛かったってことです。まったく、誰ですか二階堂先輩を王子様って言い出した人は⁉　見つけて説教してやりたいです！」

結はプンプンと怒りながらも手は止めず、あっという間にパンケーキを平らげた。それでも彼女は満たされず、追加注文をしようとするので私は全力で阻止した。これ以上食べたらきっと翌朝後悔することになる。

「仕方ないですね。二階堂先輩のデレ顔に免じて今日のおやつはこのくらいにしておきましょう。それはさておき。二階堂先輩はこれからどうするんですか？」

「ん？　どうするって何が？」

「何がって……吉住先輩とのことですよ。友達、やめたりしないですよね？」

美味《おい》しそうにパンケーキを頬張り、ハイテンションで話し続けていたのにここにきて突然結は目尻を下げて心配そうな声で尋ねてきた。

「楓ねぇと吉住先輩がイチャイチャしているのにツッコミを入れたり、大槻先輩のスイカップを羨んでこの世の理不尽を呪ったり……わがままですけど、そういうことをこれからも二階堂先輩と一緒にしていきたいんでしゅ！」

今にも零《こぼ》れ落ちそうなくらい瞳に雫《しずく》を溜《た》めながら訴えかけてくる結。最後、思いきり噛《か》んだのがとても可愛かったけれど、本人は恥ずかしさのあまり顔を両手で覆ってしまった。

「結のことだから察しはついていると思ったんだけど……大丈夫、安心して。私と吉住はこれからも変わらず友達だから」

ポンポンと健気《けなげ》で心配性な後輩の頭を優しく撫《な》でる。

「告白した結果によって疎遠になるようなもろい関係じゃないって吉住に怒られたよ。だから私たちは大丈夫。安心して」

「おぅふ……吉住先輩はどこまでイケメンなんでしょう。一般男子高校生なら気まずくなって口も利《き》かなくなるところですよ、普通」

「私が告白したのは後悔したくなかったからだけど、だからと言って吉住と友達をやめたいわけじゃなかったからね。それこそ私のわがままだよ」

吉住だからこそ、こういう結末になったんだと私は思う。もしも、の話はしたくないけれど、もしも私が好きになった男の子が吉住じゃなくて別の子だったとして、同じような状況だったらきっと関係はここで終わっていたと思う。

「これは私の勝手な推測なんですけど……吉住先輩が人間関係をとても大事にするのってご両親が関係しているんじゃないでしょうか？」

「それって、吉住の両親が借金を残して海外に逃亡したって話？」

「はい。どんな事情があったにせよ、楓ねぇのママに助けを乞うのが最善だったとしても、一緒に居るのが当たり前だと思っていた両親に突然捨てられたのが吉住先輩にとっての事実なんです。だから吉住先輩は人一倍、人と人との繋《つな》がりついて敏感になっているのかなって思うんです」

驚いた。まさか結の口からこんな話を聞けるなんて。もしかして結の将来の夢は心理カウンセラーになることなのか？　そう思ってしまうほどに、彼女の言葉に納得感を覚えた。

「楓ねぇや二階堂先輩と違って私が吉住先輩と知り合ったのはほんの数か月前ですし、話した時間もあまりないのでこれが正しいとは言えませんし思いません。あくまで〝そうかもしれない〟というだけです」

「辛《つら》い経験を経て今の吉住がある。それは紛れもない事実だね。結は本当にすごいね。年下とは思えないよ」

「そんなことありませんよ？　私はいつまでも楓ねぇ離れが出来ない幼気《いたいけ》な高校一年生です。将来の夢はママのようなグラマラスボディーになって、仕事で海外をびゅんびゅん飛び回ることです！」

「もう……今さっきの話で〝結ってすごいなぁ〟って感動したのに全部台無しだよ。返してくれる？」

結のお母さん――宮本メアリーさん――は生粋《きっすい》の英国人貴婦人で、慎《つつ》ましい胸の結とは違って秋穂《あきほ》をも上回る大層な果実を実らせている。加えて一児の母とは思えないほど完璧な肢体の持ち主。その血を受け継いでいるので、結が希望を抱く気持ちもわからなくもない。

「ねぇ、結。人の夢って書いて儚《はかな》いって読むんだけど知ってる？　このままだと理想を抱いたまま溺死しちゃうよ？」

「わぁぁぁんっ！　二階堂先輩の意地悪っ！　いいじゃないですか、夢を見させてくださいよぉ！　だってまだ高一ですよ⁉　十五歳ですよ⁉　育つ余地は残されていますよね⁉」

「…………」

「どうして黙るんですかぁ⁉　二階堂先輩の辞書には慈悲って言葉ないんですか⁉」

事実は時として人を傷つける刃《やいば》になる。それに沈黙は金とも言うからね。それでも気休めの言葉をかけてほしいと言うのなら、この言葉を送ろう。

「大丈夫だよ、結。一葉さんや秋穂は現在進行形で成長しているそうだから、結も一年後にはきっと……！　だから諦めずに頑張ろう！」

「うぅ……二階堂先輩がオニ畜だぁ……チクショウ、いつか絶対に見返してやるんだからね！　あっ、すいませーん！　注文いいですかぁ⁉」

一年以上溜め込んできた想いを告げることになった今年の夏祭りは、結のやけ食いに付き合うという何とも締まらない形で終わった。願うことなら来年も、そのまた来年も、吉住やみんなとこうしてお祭りに行けたらいいなと私はしみじみと思うのだった。

第2話 ● サマー・ホームワーク・クライシス

I'm gonna live with you not because my parents left me their debt but because I like you

色んなことがあった夏祭りから数日後。楽しかった長期休みも残すところ二週間を切ろうとしている。来年の今ごろは大学受験に向けた追い込みで遊びどころではないので事実上、この二週間余りが高校生のうちに満喫できる最後の夏休みとなるだろう。だというのにいつもの六人で構成されているメッセージグループにこんな内容の書き込みがなされた。

『どど、どうしよう楓《かえで》ちゃん！　私！　宿題が！　全然終わってない！』

『私もだよ、楓ねぇ！　何一つ終わってないから大ピンチだよ！』

書き込んだのは言うまでもないが大槻《おおつき》さんと結《ゆい》ちゃん。この二人は夏の風物詩でありこの世全ての学生にとって最大の敵とも言える〝夏休みの宿題〟に全くと言っていいほど手を付けていなかったのだ。そういうことならみんなで集まって勉強しませんかと楓さんが提案して即決定。伸二《しんじ》や二階堂《にかいどう》も参加を表明し、場所は図書館やファミレスではなく、学校近くにある喫茶店で朝から行うこととなった。

そして現在時刻はまもなくおやつの時間になろうとしていた。朝からテーブルを占有して教科書やノートを広げて必死にペンを走らせている俺達ははた迷惑な客だが、それが許されているのはこの店が楓さんや大槻さんの行きつけだからだ。

「それにしても……まさか大槻さんと結ちゃんが言葉通りまったく宿題に手を付けていなかったとは驚きだよ。二人の辞書に計画性って言葉はないのか？」

呆《あき》れながら俺は正面に座る結ちゃんと大槻さんに話しかける。ただいま二人は注文したオレンジジュースとアイスココアで息抜き中。悠長にしている時間はないと思うんだけど大丈夫か？

「酷《ひど》いよ、ヨッシー！　だってしょうがないじゃん！　来年は遊べない分、今年は目一杯遊んでおかないと損でしょう⁉」

「そうですよ、吉住《よしずみ》先輩！　高一の夏は人生で一度きりなんです！　後悔しないように過ごさないと！」

ガウガウと吠《ほ》える子犬が二人。気持ちはわからなくもないが、その結果こうして苦しい思いをしているじゃないか。そういう無計画は小学生の頃に卒業しておきなさい。

「そういう吉住こそ、去年の今ごろはテンパっていたよね？　むしろ休み明けに泣きついてきたことを、私は忘れてないからね？」

思い出したくない過去の話をジト目の視線とともに蒸し返してきたのは結ちゃんの隣に座っている二階堂。コーヒーを優雅に口へと運ぶ何気ない仕草でさえも様になっているので、ついここが学校近くの喫茶店ではなく王宮かどこかだと勘違いしそうになる。

夏祭りの告白の後、これからも友達でいようと二人で話したとはいえ実際のところどうなるか一抹の不安はあったが、俺と二階堂の関係は崩れることはなく継続している。むしろこれまで以上に遠慮がなくなっている気がする。

「……二階堂。それは言わない約束だろう？」

「意外ですね。勇也《ゆうや》君のことだから毎日コツコツやっているものだと思っていたので。現に今年はもうほとんど終わっていますよね」

隣に座っている楓さんが驚いたような顔でアイスコーヒーに口を付けながら言った。

一年前の俺は部活とバイトの掛け持ちでヘロヘロになっていたので宿題どころじゃなかったし、何から始めたらいいかわからないという状態で要領も悪かった。

その教訓を活《い》かし、今年は計画的に事を進めた。バイトと部活を両立させつつ楓さんとたくさん遊ぶ。沖縄旅行に行くことも決まっていたから多少無理をして楓さんに心配されたが押し通した。

でもその甲斐《かい》あって俺は今こうして呑気《のんき》にカフェラテを飲むことが出来ている。

「そうだよ、一葉《ひとつば》さん。あんな風に余裕ぶっているけど去年は泣きそうになりながら学校で宿題をしていたんだよ。日暮《ひぐれ》も知っているよね？」

「うん。だから僕もびっくりしているよ。まだ二週間近くあるのに完璧に終わらせているんだもん。恋の力は偉大だね」

ハハハと笑い、喋《しゃべ》りながらでも伸二は宿題を進める手を止めることはなかった。どうして話しながら問題を解くことが出来るか謎だな、ってそこの計算間違っているぞ。もしかして適当に解いているんじゃないだろうな？

「恋の力は偉大とは言い得て妙ですね。楓ねぇは昔から超が付くほど可愛《かわい》かったけど、今はその比じゃないもん」

うんうんと腕を組みながらしきりに何度も頷《うなず》く結ちゃん。大槻さんも確かにと同意しながら、

「ヨッシーのことを好きになってから、楓ちゃんの可愛さに磨きがかかったのは事実だよ。初恋をするまでの楓ちゃんは例えるなら才能だけで戦っていた剣士。それでも十分すぎるくらい強かったのに、ヨッシー大好きになってからは才能を伸ばすための努力をするよう

になって最強の勇者になった感じかな？」

その結果、楓さんは日本一可愛い女子高生に選ばれたというわけか。あれ、ということは毎晩お風呂《ふろ》上がりに美容家電を使ってお肌の手入れをしているのは一年くらい前から始めたことなのか？

「実はそうなんです。勇也君を好きになった去年の夏からやり始めました。いつか勇也君に可愛いねって言ってもらえる日を夢見て頑張りました！　えへへ」

そう言って恥ずかしそうにはにかむ楓さん。なんだろう、この可愛い生き物は。今すぐ抱きしめて頭をナデナデしたい。テーブルが邪魔だな。乗り越えるか。

「はいそこイチャつくの禁止！　そういうのはお家《うち》に帰ってからにしてくださいって言いましたよね！　素子《もとこ》さーんっ！　注文いいですかぁー？」

言い忘れていたが、現在俺達がいるのは学校近くにある【エリタージュ】という開店してから二十年以上になる老舗の喫茶店だ。

明和台《めいわだい》高校に通う生徒なら誰もが一度は来たことのあるお店で憩いの場でもある。メニューは昔ながらのナポリタンやピザトーストもあれば量たっぷりのカツカレーやハンバーグもあり腹ペコ系な学生にはもってこいだ。しかも値段はリーズナブルなので懐《ふところ》に優しい。

ってきちゃうわ」

「噂《うわさ》以上にラブラブなのね、勇也君と楓ちゃんは。見ている私の方が何だか顔が熱くな

結ちゃんに呼ばれて注文を聞きに来たのはマスターの奥様でありこの喫茶店の永遠の看板娘である大山《おおやま》素子さん。年の頃はおそらく50代だと思われるが年齢不詳なくらいの若作りだ。

大山さんは明和台高校のOGでありバスケ部の主将を務めていたそうだ。彼女の世代は明和台バスケ部史上最強と言われ、唯一全国大会に出場していることから語り草になっているとかいないとか。現に二階堂は大山さんが来た途端緊張した面持ちで背筋をピンと伸ばした。結ちゃんは知らん。

「素子さん、名物のジャンボパフェを頂けますか？」

結ちゃんが注文したのは【エリタージュ】の名物ジャンボパフェ。値段は少々張るがその分見た目のインパクトがすごい。もちろん味もお墨付き。

上層はイチゴにバナナといった定番の果物やチョコのムースにワッフルが零《こぼ》れ落ちそうになるくらい積み上げられ、中層はフレークやバニラアイスがある。最下層には再び大量の果物とチョコレートソースが沈殿しているというパフェ専門店顔負けの豪華な一品だ。

「ずっと食べたいと思っていたけど食べることが出来なかったジャンボパフェ！　フフフ

ッ……吉住先輩の奢《おご》りだから遠慮なくいただきますね！」

「いつ俺が奢るって言ったかな？」

「ええ！　お店に入ってすぐに約束したじゃないですか！　宿題をしている最中にイチャイチャしたら好きなものを奢ってあげるって！　忘れちゃったんですか？」

「ありそうな約束をでっちあげるんじゃありません。まったく……楓さんからもなんか言ってくれる？」

横暴が過ぎる妹分にガツンと一言言ってもらうべく俺は楓さんに話を振ったのだが、残念ながら楓さんは大山さんとのお話に夢中だった。

「大山さん、プロポーズの言葉はなんて言われたんですか？　参考までに聞かせてください！」

「あ、私もそれ気になります。寡黙なマスターがなんて大山さんにプロポーズしたのか教えてください」

「私も私も！　教えてください、素子さん！」

楓さんだけでなく二階堂や大槻さんまで加わって大山さんに詰め寄っていた。よりにもよってプロポーズの言葉を尋ねるとは。

「も、もう何十年も前のことだからよく覚えていないわよ。覚えているのはとっても歯が浮くような台詞《せりふ》ってことくらいかしら？」

「教えてください、大山さん！　今後の参考のためにもぜひ！」

　大山さんの発言を一切信じず、楓さんはずいっと身を乗り出して追及する。二階堂や大槻さん、さらに結ちゃんも期待に目を輝かせている。そんな女性陣のプレッシャーに気圧《けお》されて、大山さんは顎に手を当てながら唸《うな》り声を上げていたがついには観念して口を割った。

「た、確か〝お、お前のことが世界中の誰よりも好きだ。結婚してくれ！〟って言われたかな？　あぁ暑い！　今日は残暑が厳しいわね」

　顔を真っ赤にしながら言い切ると、アハハハと恥ずかしさを誤魔化すように大山さんは笑った。その言葉を聞いた女性陣はうっとりとしながら感嘆のため息をついた。飾った言葉ではなくただひたすら真《ま》っ直《す》ぐに想《おも》いを伝える素敵なプロポーズの言葉だと俺は思った。

「すごく素敵なプロポーズですね……感動しました」

「私も……マスターの真っ直ぐな気持ちが伝わって来てドキドキしました。いつか誰かに言われたいなぁ……」

　二階堂がポツリと呟《つぶや》きながらほんの一瞬だけ、視線が俺に向けられたような気がしたのは気のせいだろう。

「そうだねぇ。でもヨッシーも似たようなものだよね。聞いているこっちが口から砂糖を吐き出したくなるくらいあまーい台詞を平気な顔でよく言うし」

どうしてそこで突然俺の話が出てくるんですか、大槻さん。俺は別に甘い台詞を頻繁に言っていないと思うけど？

「フフッ。秋穂《あきほ》ちゃんの言う通りです。勇也君、私に告白してくれた時の言葉、覚えていますか？」

楓さんがほんのり頬を朱に染めて尋ねてきた。もちろんあの星空の下でなんて楓さんに言ったかは一字一句覚えている。でもちょっと待ってよ楓さん。その話を今この場でしたらどうなるかわかっているんですか？

「へぇ……吉住が一葉さんになんて告白したのか気になるな。ぜひとも教えてほしいものだね」

「二階堂先輩に同意です！　楓ねぇ、教えてください！　吉住先輩になんて告白されたんですか⁉」

「えへへ。それはですね――」

「――吉住勇也は一葉楓を愛しています。世界中の誰よりも。だよ。みんなの前で言わせないでくれ」

楓さんに言わせるのではなく俺自らその時の台詞を口にしたのは楓さんに言わせたくなかったから。俺にとって楓さんへの告白は命を懸ける覚悟で挑んだのだ。それを面白おかしくしてほしくなかった。でも顔から火が出るほど恥ずかしい。

「これはまた……すごいのを聞いた気がする。むしろ聞かなきゃよかった」

「はい……まさかここまでとは」

「ヨッシー……それは告白でありながらプロポーズだよ」

「尊敬するよ、勇也。もし僕が困ったら相談に乗ってくれる？」

「勇也君……あなた本当に高校生？」

五者五様のリアクションを受けて、俺の中の恥ずかしさメーターが限界突破してテーブルに突っ伏した。何だよ、この羞恥プレイは。

「よ、よし！　この話はこの辺で終わりにして宿題再開するよ、結ちゃん！」

言いながら大槻さんがパンパンと手を叩《たた》いて緩んだ空気を締めなおす。そもそもこんな話をすることになった原因は自分だってこと忘れていませんかね？

「えぇ!?　私のジャンボパフェは!?　せめて食べてから再開にしましょうよ！」

「ダメだよ、結ちゃん！　そんな余裕は私達にはない！　というかサクサク終わらせてこのストロベリーワールドから逃げないと！」

そんなぁと涙目になる結ちゃんを叱咤《しった》激励すると、大槻さんは視線をノートに移して目にもとまらぬ速さで手を動かし始める。

「宿題頑張ったら私がジャンボパフェ奢ってあげますから結ちゃんも頑張りましょう。食べたくないなら別に頑張らなくても――」

「はい！　宮本《みやもと》結、全身全霊を賭《と》して宿題を倒します！」

楓さんの甘い餌にいともあっさり引っかかった結ちゃんは、ビシッと背筋を伸ばして敬礼すると、目の色を変えて宿敵との戦闘を開始した。集中して出来るなら最初からやってほしいものだ。

＊＊＊＊

「ところでみんなはさ、将来について何か考えていたりする？」

あれから二時間ほど経過して日が傾き始めた頃。そろそろ脳の疲労も限界に近いので帰宅の準備をしていたら大槻さんが真面目な声音で唐突に話を切り出した。

「将来って大学をどうするかってこと？　それともその先？」

二階堂もまた真面目な顔で聞き返した。

俺達はまだ高校二年生だが、そろそろ進路についてしっかり考え始めなければいけない時期に入っているのは間違いない

「そうだなぁ……それじゃもっと範囲を広げて将来の夢にしようか？　哀《あい》ちゃんは何か考えていることはある？」

「あることにはあるけど……それにしたっていきなりどうしたの、秋穂？　キミはそういうことを気にするようなタイプじゃないと思っていたんだけど？」

「失敬な！　私だって色々考えているんだよ？　それより哀ちゃんの夢を教えてよ！　将来は何をしたいの？」

大槻さんにツンツンとわき腹を差されてくすぐったそうに身をよじる二階堂。ほんのり頰に朱が混じり、どことなく色気が出てきた。そういうことは女子だけの時にしてくれ。

「んっ、話すから……あっ、んぅ……ちゃんと話すからわき腹つつかないで、秋穂」

「哀ちゃんはわき腹が弱点なのか。いいことを聞いたぜぇ……」

「もう、いい加減にして！」

わき腹を摑《つか》んで本格的にくすぐろうと進撃を開始してきた大槻さんの頭に手刀による容

赦のない一撃を叩きこんで黙らせる二階堂。深いため息をついてから、

「私の夢はスポーツトレーナーだよ。プレイヤーを支える立場になってスポーツに関わっていきたいと思ってる」

「そうなんだぁ。哀ちゃんならこれからもバスケを続けて夢は日本代表！　って言ってもいいと思うんだけど……バスケはやめちゃうの？」

「どうかな。選手として続けるかはまだわからない。でも誰かさんと一緒で自分の実力は自分が一番よくわかっているから」

そう言って二階堂は俺に視線を向けて儚《はかな》く微笑《ほほえ》んだ。そう言えば春先に伸二を含めた三人で話したな。その時は俺がプロに行くとか行かないとかって話だったけど、二階堂も同じような考えだったのか。

「でもやっぱりバスケは好きだから、何かしらスポーツに関わる仕事が出来たらいいかなって思ってさ」

「二階堂先輩らしくていいと思います！　むしろ二階堂先輩がトレーナーさんになったら選手のやる気がうなぎ登りで金メダルだって夢じゃないですよ！」

結ちゃんは約束通り宿題を頑張ったご褒美《ほうび》として楓さんが頼んでくれたジャンボパフェを食べながら言った。

「結ちゃんの言う通りかも。大人になった哀ちゃんは間違いなくイケメン美人になるはずだからね。そんな人にコーチングをしてもらえたら頑張っちゃうよね」

「はいっ！　少なくとも私なら１２０％の力を発揮する自信がありますよ！」

むしゃむしゃとバナナを頬張りながら力説する結ちゃん。まぁ今もすでに男女問わず魅了する二階堂は大人になってもそれは変わりないだろう。そんな人に指導してもらえたら実力以上の力を発揮出来るかもしれないな。

「それじゃ次はヨッシー！　ヨッシーの夢は何かな？　って聞くまでもないかな？」

「聞くまでもないってどういうことだよ？　まさか俺が〝将来の夢は楓さんと結婚することです〟って言うと思っているのか？」

「え？　しないの？」

俺が尋ねると大槻さんは口を開けてすっとぼけた反応をみせる。チラッと横目で隣の楓さんを見ると瞳をウルウルとさせている。

「いや、今はそういう話をしているんじゃないよね？　もちろん楓さんとずっと一緒にいたいと思っているし、何なら苗字《みょうじ》が一葉になることはもう決まっているじゃないか」

クソッタレな父さんが残した借金を肩代わりしてもらう条件の一つに俺の婿入りがある上に、楓さんのご両親への決意表明も終えている。だから叶《かな》うかわからない夢と違って、楓さんとの結婚は確定事項だ。

「えへへ……そうでしたね。高校を卒業したら籍を入れる、ですもんね」

ぎゅっと俺の腕に抱き着きながら楓さんが甘い声でとんでもない爆弾発言をぶちかましてくれた。当然初耳の一同は驚きのあまりなんて言っていいかわからず、目を白黒させる。事情を察しているのか、唯一結ちゃんだけは呑気《のんき》に呆《あき》れた顔でパフェを食べ続けている。

「えっと……この話はまた追々聞くとして。話を戻そうか。ヨッシー、お願いします」

「そうだな。二階堂のような具体的な夢とは違うけど、俺は大学で会社の経営やマネジメントについて勉強したいと思っている。そういう仕事に携わるのがほぼ確定しているからな。だから学べることは何でも吸収したいと思ってる」

楓さんのお父さん――一宏《かずひろ》さんが〝楓のこと、よろしく頼んだよ〟と言ってくれたのでその思いと期待を裏切るわけにはいかない。楓さんを自分の力で幸せにするために俺はなんでもする。

「勇也君……ありがとうございます。すごく嬉《うれ》しいです」

「大事な人を自分の力で幸せにしたいって思うのは当然だろう。楓さんのためなら俺はいくらでも頑張れるよ」

ポンポンと頭を撫《な》でるとすりすりと俺の腕に頬を寄せながらふにゃっと嬉しそうに口元

を緩める楓さん。その顔がとても可愛《かわい》くてつい何度も愛《め》でてしまう。

「おっほんっ！　ストロベリーワールドは禁止だよ！　まったく、油断も隙もあったもんじゃないんだから……」

　はい、大槻さんに怒られました。でも楓さんは俺の腕に抱き着いたまま。腕がたわわで柔らかい果実に挟まれて幸せだけど一旦離れてくれませんかね？

「むぅ……もう少しだけ勇也君成分を補充させてください。今日一日頑張ったご褒美を私に！」

　離れたくありませんとより強く腕を抱きしめてくる楓さん。どうやら疲れたせいでまだ夕方なのにも早くも甘えん坊モードに突入してしまったようだ。

「ねぇ、一葉さん。吉住に甘えたい気持ちはわかるけどここは喫茶店だからね？　甘えるにしても時と場所は選んだ方がいいと思うよ？」

　二階堂がやれやれとわざとらしくため息をつきながら強めの口調で言った。ぐうの音も出ないとはこのことで、楓さんはバツが悪そうにしながらスゴスゴと退散するように離れた。

　帰ったらたくさん甘えていいから今は我慢してね。そう心の中で呟《つぶや》きながら俺は楓さんの頭を撫でた。

「ねぇ、秋穂。次は僕の番でいいかな？　僕の夢は二階堂さんのものと近いんだけど、スポーツ系のジャーナリストになりたいなぁって。サッカーだけじゃなくて野球とかバスケとか、色んなスポーツに関わっていきたいかな」

「うん、すごくいいんじゃないか。伸二にピッタリだと俺は思うよ」

「ありがとう、勇也」

そう言って嬉しそうに伸二ははにかんだ。

「さて、それじゃ次は私だね！　私の夢はね……学校の先生だよ！　私、子供が好きだからさ。将来は先生になりたいなってずっと思っているんだよね。まぁお世話になった先生がカッコよくて憧れているっていうのもあるんだけど」

てへへと照れた様子で頬を掻《か》く大槻さんの声は、しかしどこまでも真剣だった。憧れの人がいて、その人のようになりたくて背中を追いかける。教師という仕事は大変だと聞くけれどきっと大槻さんなら大丈夫。持ち前の明るさで困難を乗り越え、生徒に寄り添うとてもいい先生になるだろう。

「秋穂が先生か……意外といえば意外だけど……でもすごく似合っているかも。秋穂が担任の先生だったら毎日が楽しいだろうなぁ」

「ありがとう、哀ちゃん。そうなれるように頑張るぜっ！　とまぁ私の話はこれくらいで終わりにして。お待たせ、楓ちゃん！」

大トリを飾るのは日本一可愛い女子高生の楓さんだ。そう言えば毎日一緒にいるのに楓さんの夢を俺は聞いたことがなかった。勉強も、スポーツも、全て高い水準でこなしてしまう万能の才を持ちながらそれに胡坐《あぐら》をかくことなく努力を怠らないのが一葉楓という女の子だ。そんな彼女の夢は一体何なのか。

確かグランプリを受賞した時のインタビューで将来の夢を尋ねられた時に〝普通のお嫁さんになること〟と答えたと聞いたが、まさか本気じゃないよな？

「？　私の夢はもちろん勇也君のお嫁さんになることです。それ以外はありませんよ？」

「「「……え？」」」

未《いま》だ呑気に我関せずとパフェを食べている結ちゃんを除く俺達四人の声が綺麗《きれい》に重なった。

「えっと……嘘《うそ》だよね、楓ちゃん？　インタビューで答えたことはあくまで芸能界入りを断るための口実で、ヨッシーのお嫁さんになることが夢じゃないよね？」

大槻さんが震える声で尋ねる。伸二もまさかといった顔になっているし、二階堂に至っては眉をひそめている。

「嘘じゃありませんよ？　お嫁さんになって勇也君と幸せになりたいですし、勇也君のことを家でも仕事でも支えていきたいというのが私の夢です」

「わぁお……さすが楓ちゃん。ヨッシー大好きはぶれないねぇ……」

きっぱりと断言する楓さんを見て大槻さんは苦笑いを浮かべる。俺としては嬉しいことを言ってくれると思うけど、天より二物《にぶつ》どころか何物も与えられた楓さんのような人が高校生のうちからお嫁さんが夢というのは勿体《もったい》ないなとも思う。

「ねぇ、一葉さん。一葉さんはやりたいことはないの？」

「やりたいことですか？　そうですね……勇也君に毎日美味《おい》しいご飯を作ってあげたいとか？」

「吉住は抜きにして、一葉さん自身がやりたいことだよ。もしかして何もなかったりするの？」

わずかながら怒気の混じった声で二階堂が追及する。しかし問いかけていること自体はごく普通のもの。大槻さんのようにあこがれの人のようになりたいから教師を目指すや、二階堂や伸二のようにスポーツに携わりたいなど、楓さんがやりたいことは何かを尋ねているに過ぎない。

だが楓さんは本当に珍しいことに狼狽《ろうばい》しているのか視線が宙に浮いてしまっている。いつも自信に溢《あふ》れているのにどうして。

「わ、私は別に……特にやりたいことはないというか……勇也君と一緒にいられたらいいというか……」

楓さんはなんとか言葉を絞り出したがその声は今にも涙を流しそうなか細く覇気のないものだった。そんな彼女に対して二階堂はふっと表情を和らげてこんなことを言った。

「すごく勿体ないと思うよ。家の内外関係なく吉住を支えたいって言うなら具体的にはどんな風に支えるとか考えてみたらいいんじゃないかな？」

今の俺だって楓さんとそう変わらない。違うとすれば俺は将来一葉電機という大企業の経営を任されるかもしれないのでそのために経営やマネジメントについて勉強したいと思っている。その努力の積み重ねの先に、楓さんを幸せにするという夢が叶うと俺は信じている。

「そうだよ、楓ちゃん！　まだ時間はあるし、楓ちゃんならきっとやりたいこと見つけられるよ！　ヨッシーにこだわらず、自分が好きなことを考えてみればいいんだよ！　専業主婦は勿体ないよ！」

「私の好きなことは……勇也君と毎日一緒に笑って過ごすことでやりたいことは……うう、どうしましょう、勇也君。私、何がしたいのかわかりません！」

動揺して俺の肩を摑《つか》んでガクガクと揺らしてくる楓さん。こんな風に脳が震えるのも随分と久しぶりな気がするな。どうどうと背中を撫でてパニックに陥りつつある楓さんを俺は必死に宥《なだ》める。

「話は終わりましたかぁ？　私もちょうどパフェ食べ終わったのでそろそろ解散にしませんか？　そろそろ夕飯時になりますよ？」

そんな俺の頑張りなどどこ吹く風とばかりに、今まで無言を貫いてきた結ちゃんがようやく口を開いた。自分の顔ほどの大きさがあったジャンボパフェを一人きりで食べきったのか？　その小さな身体《からだ》のどこに吸収されているのだろうか。不思議だ。

「ちなみに結ちゃんは将来の夢とかあるの？」

「私ですか？　私の夢はもちろんママのようなグラマラスな巨乳美人になることですが何か？」

話題を変えようと俺が尋ねると、当たり前のことを聞かないでくださいと言わんばかりの顔で堂々と言い切った結ちゃんに俺達一同は苦笑いを浮かべる。まぁあれだ。これはとてもデリケートな話だから触れないようにしよう。

「いやいや皆さん。何ですか、そのリアクションは？　さっきのは冗談に決まっているじゃないですか。真に受けないでくださいよ」

「え、違うの？　この間も〝私はママみたいになるんだぁ！〟って言っていたと思うけど

「……本当に違うの？」

「二階堂先輩、それはいくらなんでも失礼すぎると思いますが⁉　私の夢はママのように海外を飛び回って仕事をするバリキャリになることですよ！　憧れているのはおっぱいだけじゃないです！」

ガルルと唸《うな》り声を上げる結ちゃんに二階堂はごめんねと謝る。冗談とは言うけど憧れているのは認めるのか。まぁメアリーさんは相当スタイルがよかったからな。というか俺の周りにいる女性陣のお母様方はみんな美人すぎないか？

「ちなみに結ちゃんのお母さんはどんなお仕事をしているの？」

「ママはフリーのコンサルタントをしています。世界中のあらゆる企業の社長さんと一緒に仕事をしています。毎日とても忙しそうだけど、とてもカッコいいんです。ママは私の自慢で、憧れの人です」

そう話す結ちゃんの口元には微笑《ほほえ》みが浮かんでいるが瞳は真剣そのもので、自分もそうなるんだという確固たる決意が見て取れた。

会社が抱えている問題を解決するための支援を行うのがコンサルタントの主な仕事だと聞いたことがある。膨大な知識量を求められるし、的確に課題を把握し、問題解決に直結する提案をしなければいけない非常に難しい仕事だ。

でも不思議なことにメアリーさんがそういう仕事をしていることに違和感は全くない。むしろ話を聞いた後だとそれ以外の仕事は似合わないとさえ思ってしまう。英国人であり、日本でも長く暮らしているので知見もあるだろう。

楓さんのご両親である桜子《さくらこ》さんや一宏さんと同じ大学に通っていたとなれば勉学にも相当力を入れていたはず。沖縄で何度か話した雰囲気から想像するに、ズバッと鋭く切り込む時と相手に考えさせて自分で答えを導き出すように促すバランスも上手そうだ。

「現に私のママと楓ねぇのパパはビジネスパートナーとしての付き合いがありますからね。吉住先輩と私がそうなるかはわかりませんけど、少なくとも私はママのようなバリキャリになりたいです」

「……見かけによらず色々しっかり考えているんだね、結ちゃん。感心したよ。頭撫《な》でてあげようか？」

「わぁい！　嬉《うれ》しいですぅ！　って言うと思ったら大間違いですからね!?　そんなことしたら楓ねぇがどんな顔をするか……あっ」

どうやら気付いたようだね、結ちゃん。普段なら自分以外の女の子の頭を俺が撫でようとしたら涙目になって怒るはずの楓さんが固く口を閉ざして俯《うつむ》いているのだ。ここまで意気消沈するものなのか？

「か、楓ちゃん……大丈夫？」

「んぅん……やりたいこと……私のやりたいこと……」

心配して大槻さんが声をかけるが楓さんの耳には届いていないようだ。まさかなんてことない夢の話でここまで悩むとは。これ以上は埒《らち》が明かないと判断した俺は大槻さんに目配せをする。彼女も俺と同意見だったようで小さく頷《うなず》いて、

「さて、結ちゃんもパフェ食べ終わったし片付けも済んだし、今日のところはこの辺で解散にしよっか！」

と宿題会ｉｎ【エリタージュ】の解散を宣言した。ぞろぞろとみんなが席を立つ中、ずっと考え込んでいる楓さんの手をそっと握る。

「楓さん、家に帰ろう。ご飯を食べて、気分転換にお風呂《ふろ》に入って、それからゆっくり考えよう？」

「勇也君……私……」

弱々しく言葉を返す楓さんの手を力強く引く。何でも出来るし出来てしまう稀有《けう》な才能と目指す目標を達成するために努力する愚直さを兼ね備えているが故の苦悩というやつだろうか。この苦しみは楓さんだけのもの。凡人の域を出ない俺では本当の意味で理解してあげることは出来ない。でも、彼女と一緒に考えることは出来る。

「大丈夫。楓さんは一人じゃない。俺も一緒に悩むからさ。一人より二人、二人より三人。桜子さんや一宏さんに話を聞いてみるのもいいと思うよ」

「？　お母さんとお父さんに、ですか？」

「なにせ二人は人生の大先輩だからね。高校生の頃に夢はあったのか。どうして今の仕事をしているのか、聞いてみるのもありだと思うよ」

「なるほど……確かにそうですね。勇也君の言う通りです。お父さんはともかく、お母さんはどうして弁護士になったのか聞いたことがなかったです！　そうと決まれば早くお家《うち》に帰って電話しないと！」

元気が戻ったのか、ガバっと勢いよく顔を上げる楓さん。そして俺の手をギュッと握り返すと逆に俺を引っ張るような形で歩き出す。

「おっ、楓ねぇが元気になった！　さすが吉住先輩ですね！」

結ちゃんがてこてこと近づいてきて楓さんに抱き着いた。そんな可愛《かわい》い妹分の頭を楓さんは優しい笑顔で撫でながらしかしゾッとするほど冷たい声で、

「結ちゃん、心配してくれてありがとうございます。ですが、勇也君に頭をナデナデしてもらおうとした件について後日ゆっくりお話を聞かせてくださいね？」

「あ、あれは私が撫でてって言ったわけじゃないよ!?　むしろ吉住先輩が撫でようかって

言ったのであって……ちょ、締まってる！　締まってるよ楓ねぇ⁉」

　思わぬ痛みにすぐさま結ちゃんはタップをするが楓さんは背中に般若《はんにゃ》を顕現させてただニンマリと笑うだけ。正直言って怖い。

「ちょ、吉住先輩助けてくださいよ！　もとはと言えば先輩が悪いんですよ⁉」

「責任転嫁《てんか》をするのはよくありませんよ、結ちゃん。勇也君は冗談で言ったのにそれを真に受けたのは他でもない結ちゃんじゃないですか……」

「私も冗談で言ったつもりなんですけどぉ⁉」

　夕焼けの空の下、結ちゃんの叫び声が悲しく響く。ひとまず元気を取り戻した楓さんを見て、二階堂や大槻さん達も安堵《あんど》の表情を浮かべていた。

「誰かぁ！　誰か助けてくださいぃ！　このままじゃ私、エビぞりになっちゃうぅ！」

　結ちゃんの声が心なしか嬉しそうなのは気のせいだよな。頬に朱が差しているのも、きっと夕陽《ゆうひ》のせい。可愛い後輩の名誉のためにそういうことにしておこう。

＊＊＊＊

家に着くなり早速楓さんは桜子さんへ電話を掛けた、と言いたいところだがその前に一緒に夕食の準備をしようということになった。

そもそも桜子さんだって暇じゃない。いつもの楓さんなら帰りの電車の中であらかじめメッセージで簡単に事情を説明しておき、話せる時間の確認くらいするが、やっぱり焦《あせ》っているためかそこまで気が回らなかったようで、俺が代わりに連絡しておいた。

そういう状態なので、今日は俺に全部任せてくれてもいいんだよと楓さんに言ったのだが、電話の時に隣にいてほしいと切ない声でお願いされてしまってはしょうがない。ちなみに桜子さんから指定された時間は20時過ぎで、現在時刻は19時を少し過ぎたところ。

冷蔵庫の中を確認するとちょうど鶏肉《とりにく》とたまねぎ、ジャガイモ、ニンジンがあり、ルーも余っているので今日の夕飯はカレーに決まった。煮込む時間が少し足りない気もするが今夜は目をつむり明日に期待だ。

二人で手早く作業を進める。不安定な精神状態の楓さんに包丁を持たせたくなかったので俺が具材を切り分け、炒《いた》めるのは楓さんに任せる。柔らかくなるのに時間がかかるジャガイモとニンジンはレンジで加熱してから鍋へ放り込む。あとは水を入れて煮込むだけなのでタイマーをセットして放置で大丈夫。ここまで終えたところでちょうどよく約束の時間となった。

ソファへ並んで座り、楓さんは俺の手をギュッと握りながら二度、三度深呼吸をしてから桜子さんに電話を掛けた。

『もしもし？　あぁ、楓。一日お疲れ様』

「うん。お母さんもお疲れ様。仕事で疲れているのにありがとう」

『気にしないで大丈夫よ。今日はそんなに忙しくなかったし、仮に疲れていたとしてもあなたが悩んでいるならいくらでも話は聞くわ。それが親ってものよ』

スマホ越しに聞こえてくる桜子さんの声はどこまで温かく優しいものだった。よかったね、楓さん。

『勇也君から話は聞いているわ。私が高校生の頃に抱いていた夢とかやりたいことはあったのか、を聞きたいのよね？』

「うん。友達に聞かれて私だけがすぐに答えられなくて……結ちゃんもメアリーさんみたいなコンサルタントになりたいって言っていたのに私だけ何もなくて……」

しょんぼりと肩を落としながら弱々しい声で話す楓さん。そんな彼女の声色から感じ取ったのか、桜子さんはいきなり核心を突いた質問をする。

『楓の夢はもしかして勇也君のお嫁さんになること？』

「……うん。聞かれたからそう答えたんだけど……お母さん、これってやっぱりおかしいのかな？」

『そうねぇ……将来の夢がお嫁さんっていうのはおかしなことではないわ。でもそれは楓が将来なりたいものであってやりたいこととは意味が違うわよね？』

確かにその通りだ。桜子さんの的確な物言いに楓さんはスマホを落としそうになるくらいショックを受けたのか、今にも口から魂が抜けそうな顔になっている。

『もちろん、〝やりたいことが何かわからない〟っていう楓の悩みもよくわかるわ。むしろ結ちゃんやお友達のみんなが〝将来こうなりたい！〟と決まっている方が特別なのよ』

桜子さん曰《いわ》く、今の楓さんの状態は心理学でいうところのモラトリアム期間、大人になるための猶予期間だという。

自分とは何者か、将来何がしたいのか。そういったことを深く自分に問いかけ、考える大事な時期であり、この自問自答を経て己というアイデンティティを確立するのだと桜子さんは言う。

『心理学では人は生涯を通じて成長していくものと言われているわ。今やりたいことが必ずしも五年後、十年後も同じとは限らない。なぜならその間様々なことに触れるからね』

出会いや体験によってそれまで持っていた考えや価値観というのは変化する。特に俺の場合は楓さんとの出会いで人生が大きく変わったし、それまで適当にこなすだけだった勉強に熱を入れるようになった。これを桜子さんは転機と言った。

『楓が勇也君を好きになったのも一つの転機と言えるわね。勇也君を好きになってからのあなたは肌の手入れに気を遣うようになったし、運動をするようにもなったし、全国女子高生ミスコンにエントリーして優勝した。でももし勇也君を好きになっていなかったらどうかしら？』

「……多分、今よりずっと何もなかったかもしれない……」

ポツリと楓さんが呟《つぶや》いた。そんなことないと俺はとっさに否定の言葉が口から出そうになるのをぐっと堪《こら》える。今は楓さんが考える時間だ。

「今にして思えば、勇也君と出会う前の私は空っぽでした。ただ何となく学校に通って、秋穂ちゃんと話をして、寄り道しないで家に帰って来たら勉強して。その繰り返しでした」

『楓は小さい頃からわがまま一つ言わないとても素直でいい子だったわ。でもその反面、自分を押し殺しているんじゃないかって私達は心配していたわ』

桜子さんや一宏さんが親として抱いていた一抹の不安。それを初めて聞いた楓さんは申し訳なさそうに目尻を下げた。

『でもそんな楓が初めて恋をして、とんでもないわがままを初めて言って、それからのあなたは……フフッ。甘えん坊でとってもわがままになったわよね』

「ちょっとお母さん⁉　勇也君に対して甘えん坊さんになっているのは渋々ながら認めますがわがままにはなっていませんよ⁉」

『あら、本当にそうかしら？　メアリーから聞いた話だと沖縄では勇也君にべったりだったそうじゃない？　海では日焼け止めを塗ってもらおうと迫ったとも聞いたけど……それはわがままとは言わないの？』

「そ、それは……勇也君、あれってわがままでしたか？　違いますよね？　違うと言ってください！」

突然話を振られて俺は困惑する。電話口からも桜子さんが〝どうなのかしら、勇也君？〟と答えを求めてくる。

「あぁ……うん。嬉《うれ》しくて可愛いわがままかな？」

アハハと笑いながら俺はこう答えた。一緒にお風呂に入りたいとか、俺を抱きしめながら一緒に眠りたいとか色々わがままを言うが、恥ずかしいし照れるし理性は吹き飛びそうになるけど、俺にとっては嬉しいものだ。困惑することは多々あれど、嫌だなんて思ったことは一度もない。

『勇也君は楓を甘やかす天才ね。その調子でお願いね？　私達が甘えさせてあげられなかった分、たくさんね』

「えへへ。お母さんからのお墨付きが出ましたのでこれからもたくさん甘えますね、勇也君！」

満開の笑顔で、主人に甘える子猫のように楓さんは俺の腰に勢いよく抱き着いてきた。しっかり抱きとめたが、不意打ち気味だったので危うくソファから転げ落ちそうになるところだった。

『そういうのは電話が終わってからにして頂戴ね。話を戻すわよ？』

呆《あき》れ気味の声で桜子さんが言った。やれやれとため息をつきながら肩をすくめている姿が容易に想像出来る。

『勇也君と一緒に暮らすことで空っぽだったあなたの中に〝この人と添い遂げたい〟という夢が出来た。自分が何をしたいのかわからないなら、とりあえず何か経験してみたらいいと私は思うわ』

「ん？　何を経験すればいいの？」

『要するに〝まずやってみる！〟の精神が大切ってことよ。こういうのを啓発的経験、というのだけれどまぁそれはいいわ。だから楓。あなた、残りの夏休みでアルバイトでもしてみなさい』

桜子さんからされたまさかの提案に、俺と楓さんの頭の上に大量の？マークが浮かんだのは言うまでもないだろう。

「お母さん、どうしてアルバイトなの？　それで何か変わるの？」

『これは何も楓に限った話ではないのだけれど、あなたに足りないのは社会との接点よ。学校という庇護《ひご》下から社会に足を踏み出せば、そこにあるのは未知の世界。職場には知り合いもいなければ頼りになる親もいない。そうなれば必然的に見ず知らずの大人達と接しなければならなくなるわ』

「…………」

『不安は当然あると思うわ。必死に高校で勉強している二人にこんなことを言うのは申し訳ないけれど、学校で学んだことが必ずしも社会に出て役に立つとは限らない。だからこそ人は成長できるのよ。未知のものや人と触れ合えば新しい発見や学びが生まれる。その学びから、自分が何をしたいのかを見つけることだって出来るはずよ』

楓さんは桜子さんの言葉一つ一つを噛《か》みしめるように、時折相槌《あいづち》を打ちながら真剣な面持ちで聴いていた。

『このまま何をしたいか考えていてもそう簡単に答えは出ないと思うわ。もちろん楓はまだ高校生だからそこまで深刻になることじゃないと思うけど、それでも何かしらヒントを得たいと思うのなら行動してみることね』

「自分を変えるための行動……そのためのアルバイトかぁ。そんなこと思いつかなかったよ、お母さん」

『普通はそうよ。まぁ勇也君のように早くから多くの大人達や社会に接して、その辛《つら》さを身に染《し》みて体験している子もいないこともないけど稀《まれ》ね。だから彼は高校生とは思えないほど精神が成熟しているとも言えるけど』

突然桜子さんから褒められて背中が痒《かゆ》くなる。俺の場合は借金を作ってばかりのクソッタレな父さんとそれを止めるどころか背中を押してしまう母さんという反面教師が間近にいたからな。その縁でタカさんやその部下の方達なんかと出会うことが出来たし、幼い頃はよく遊んでもらった。そこで色んな苦労話を聞かされて、彼らからは口酸《す》っぱく〝勇也は俺達のようになったらダメだぞ〟と言われてきた。

そう言えば昔、俺のことを弟のように可愛《かわい》がってくれた人とも父さんとタカさんの縁で知り合ったんだよな。最後に連絡が来たのはもう四年近く前になるけど、確か海外の大学に留学しているって話だったな。元気にしているだろうか。

『とはいえ夏休みももうすぐ終わってしまうのよね。となると中々雇ってくれるところもなさそうだけど……っあ、一つだけあるかもしれないわ』

　確かにアルバイトをしようにも夏休みはもう終盤だ。俺のように長期休みの時だけ働こうと思ったら事前に応募しておかなければならない。

　ちなみに今夏の俺のアルバイト先はタカさんの奥さんである春美《はるみ》さん行きつけの雑貨屋だ。この店のオーナーの女性と春美さんは中学の同級生で人手を探していたので俺を紹介してくれたのだ。夏休みだけと言わず今後も土日だけでいいから働いてほしいとお願いされて困っているのは内緒の話だ。

　閑話休題。今は俺の話より楓さんのバイト先の話だ。桜子さんに思い当たるところがあるようだが果たしてどこだろう？

『心配することないわ。紹介するのは楓と勇也君もよく知っている喫茶店【エリタージュ】だから。さっきの話と矛盾してしまうけれど、このわずかな期間でも雇ってくれるとなればここくらいでしょうからね』

　桜子さんより告げられたまさかのアルバイト先に俺と楓さんは揃《そろ》って驚愕《きょうがく》する。知っているも何も【エリタージュ】は今日も一日みんなで入り浸っていた、楓さん行きつけの喫茶店だ。

「ちょっと待って、お母さん。どうしてお母さんが【エリタージュ】のことを知っているの？　マスターと知り合いだったりするの？」

『マスターの奥様の大山素子さんは大学時代の先輩なのよ。とても優秀な人で、それでいて綺麗《きれい》な人でね。ミスキャンパスにも選ばれるほどだったのよ？』

楓さんの尤《もっと》もな質問に対して返ってきた答えに俺達はさらなる衝撃を受ける。大山さんが桜子さんの大学の先輩だったとは。

『私から大山さんには連絡しておくわ。一週間であってもきっと働かせてくれるはずよ』

「うん！　ありがとう、お母さん。初めてだから不安だけど、素子さんの【エリタージュ】なら少し安心出来るかも」

『いくら顔馴染《かおなじ》みだからといって気を抜いたらダメよ？　これまではお客さんとして仲良く接していたとしても、働くとなれば上司と部下の関係になるんだから気を引き締めること。いいわね？』

「はい。肝に銘じて頑張ります！」

『あまり気負わないことね。肩の力を抜いて、アルバイトをすることが目的じゃないことを忘れないように。あくまでこれは手段だからね』

自分が何をしたいのか、それを探すための手段としてアルバイトをする。それが目的になってしまったら本末転倒だ。桜子さんは最後にきっちり釘《くぎ》を刺してきた。

『最後にこれだけは言わせてもらうわね。これから先、楓と勇也君の人生はとても長いわ。色々な経験をする中で悩むこともあれば失敗することもあるでしょう。でもそれでいいのよ。悩んで。失敗して。成功して。その繰り返しで人は強くなれる。だから楓、頑張るのよ。勇也君と二人でね』

「……うん。わかったよ、お母さん。勇也君と一緒に頑張るね」

「はい。これからも楓さんと二人で頑張っていきます」

俺達の返事に満足そうな笑いを零《こぼ》す桜子さん。なんだか温泉でのやり取りを思い出すな。

『あなた達二人なら大丈夫よ。もし何かあったら今日みたいにいつでも相談に乗るから遠慮しないこと。いいわね？』

「本当にありがとう、お母さん。大好き」

『こらこら、楓。その台詞《せりふ》は勇也君に言ってあげないとダメでしょう？　さて、話は一通り済んだわね。大山さんと話が決まったらまた連絡するわ。それじゃ、おやすみ』

「うん、おやすみなさい、お母さん」

長いようで短かった桜子さんとの電話が終わった。楓さんがアルバイトをすることになったのは意外な展開ではあるが、悩んで塞ぎこむくらいなら、思い切って外の世界を見に行くという選択は間違いではない。

「ちょっぴり怖いですけど、これも自分のためですよね。私自身が何をしたいのか見つけるために頑張ってみますね」

「桜子さんも言っていたけど肩の力を抜いて焦《あせ》らず行こうね。俺も一緒に考えるからさ」

言いながら、俺は楓さんのことをそっと抱きしめて優しく頭を撫《な》でた。人生が終わりかけた時、楓さんが俺を救ってくれたように。今度は俺が将来について悩む楓さんの力になりたい。

「ありがとうございます、勇也君。えへへ……今日はたくさん落ち込んで、アルバイトも不安でいっぱいですけど、勇也君にギュッってしてもらえたらすごく元気が湧いてきました」

「それはよかった。楓さんが元気になるなら喜んで抱きしめるからね。疲れた時はたくさん甘えてね」

「えへへ。それじゃ今夜はたくさん甘えますね！　一緒にお風呂《ふろ》に入って、髪を乾かしてもらって、それから布団《ふとん》の中では……私が眠れるまで抱きしめて、たくさんナデナデしてくれますか？」

熱い吐息とともに耳元で蕩《とろ》けるような甘い声音で可愛いおねだりをしてくる楓さん。ゾクリと背筋に電流が奔《はし》る。そんな風にお願いされて断れるはずがない。

「わかったよ、楓さん。なんならたまには俺が背中を流してあげようか？　あとマッサージも。いつもしてもらってばかりで悪いからさ」

「えっ⁉　どどど、どうしたんですか勇也君⁉　いつもならここは慌てるところでは⁉」

「遠慮しないでいいんだよ？　今日一日頑張った楓さんの疲れを心身共に癒《いや》してあげたいの。それとも俺にされるのは嫌なのかな？」

「い、嫌じゃないでしゅ。むしろお願いしたい……でしゅ」

照れているのを見られたくないのか、俺の胸に顔を押し付けながら泣くような声で答える楓さん。でも残念ながら首まで真っ赤になっているのは見えているんだけどね。

「よし。決まりだね。久しぶりだから腕が鳴るなぁ。あっ、でもその前に夕飯にしようか。お腹空《なかす》いたでしょう？」

「は、はい……お腹ペコペコです」

「それじゃ準備して来るから先に座って待っててくれる？」

「あ、それならお風呂の用意をしてきます。久しぶりに勇也君がマッサージしてくれる……どうしましょう、ドキドキが止まりません！」

キャアと可愛く叫びながら楓さんは小走りでリビングから出て行った。我ながらかなり大胆なことを言ったと思うけど、そういう日もたまにはあっていいだろう。なにせ今日は色々あって疲れたからな。甘えあい、癒しあっても誰にも文句は言わせない。

「でもせめて水着は着てもらうように言わないといけないよな。なんなら沖縄で着てくれた白いビキニがまた見たいなぁ……」

程よく煮えた鍋に辛口と甘口のルーを半分ずつ投入してかき混ぜながらポツリと呟《つぶや》く。来年の夏は難しいかもしれないけどまた楓さんと海に行きたいな。

「勇也君がお望みなら、あの水着を着てあげましょうか?」

「うん。ぜひともお願いしたい——って楓さん、もしかして聞こえてた?」

いつの間にか俺の隣には部屋着に着替えた楓さんが立っていた。口元に鬼の首を取ったかのようにニヤニヤと意地悪な笑みを浮かべている。

「フフッ。それはもうばっちりと。勇也君が私の水着姿を想像しながら惚《ほう》けた顔で呟く瞬間をこの目で見ました。もう、そんなに見たかったならすぐに言ってください。勇也君のためなら私、一肌でも二肌でも脱ぎますから!」

そう言ってエッヘンと胸を張る楓さん。その瞬間、たわわな果実がプルンと揺れて俺の煩悩《ぼんのう》を刺激する。そうか、部屋着に着替えているから下着も着けていないのか。だからあんなに揺れるのか。って何を冷静に考えているんだ俺は!

「そ、そんなに脱いだら楓さん、着る物なくなるんじゃないかな?」

「勇也君が望むならいつでも私は……いいですからね？」

耳元で甘言を囁《ささや》きながら楓さんは俺の頬にキスをした。柔らかい唇感触とふわりと柑橘《かんきつ》の香りが鼻に広がり、心臓の鼓動が自然と速くなる。ドキッとするから不意打ちでするのは勘弁してほしい。

「それじゃ私はお皿とか用意しますね。ご飯もよそってしまっていいですか？」

「あぁ、うん。ありがとう。お願いしてもいいかな？　あとそれと、聞いてもいいかな？」

「はい、何ですか？」

「……いいって、何がいいの？」

うるさいくらいに高鳴る心臓の音が楓さんに聞かれていないか不安になりながら俺は尋ねた。自分でもわかるくらい頬が熱を帯びている。そんな俺を見て楓さんはニコリと笑うが、しかしその瞳は獲物を見つけた捕食者のように鋭く研ぎ澄まされる。

楓さんは俺の首に腕を回しながら再び耳元に顔を近づけるとこう囁いた。

「決まっているじゃないですか。私の一番大切なものですよ。それ以上は……フフッ。禁則事項です」

脳が活動を停止し、理性が吹き飛びかけたのは言うまでもないだろう。

この後カレーを食べて一緒にお風呂に入ったのだが、楓さんは約束（？）通り白の水着を着てくれた。ビキニから零れ落ちそうになるマシュマロのような双丘を間近で見せつけられて危うく鼻血を吹き出しそうになった。

また楓さんは恥ずかしいと言っていたが、水着に沿ってできた日焼けの跡が何とも言えない色香を漂わせていた。白磁の肌とこんがりと綺麗な小麦色の肌のバランスはまさしく黄金比。

「それじゃ勇也君。たくさん……気持ち良くしてくださいね？」

そんな楓さんの背中を流し、その後マッサージした俺の理性君がどうなったかは推して知るべし。

ただ一言。楓さんの身体《からだ》はとっても柔らかかったとだけ伝えておこう。

第3話・楓さん、初めてのアルバイト

I'm gonna live with you not because my parents left me their debt but because I like you

桜子《さくらこ》さんと電話をしてからわずか二日後。楓《かえで》さんの人生初のアルバイトの初日の朝を迎えた。予想通りというか案の定というか、事情を聞いた素子《もとこ》さんは即答で採用を決定したそうだ。おそらく宿題をした日の最後に楓さんが悩んでいる姿を見ていたことも少なからず影響しているだろう。

現在時刻は朝9時半。記念すべき楓さんの初陣《ういじん》を見送るべく、眠気と必死に戦いながら俺は玄関に立っていた。

夏休みが終わるまでの一週間限定とはいえ、初めての就労体験を控えて不安だったのか、昨晩の楓さんはいつも以上に俺に強く抱き着いて甘えてきた。

だけどその甲斐《かい》あってかぐっすり眠れたようで、朝は元気に起きて気合十分な様子だったので安心した。

「それでは勇也《ゆうや》君、行ってきますね！」

今日の楓さんは大胆なノースリーブのトップスにジョガーパンツを組み合わせたゆるふわカジュアルな服装に身を包んでおり、一人で外出させるには少々不安を覚えるくらい可《か》愛《わい》い。

「忘れ物はない？　大丈夫？　やっぱり俺も一緒に行った方がよくないかな？」

「もう、心配性ですね。一人で大丈夫ですよ、勇也君。制服は素子さんが準備してくれているそうですし、お昼ご飯も賄いを作ってくれるとのことなので特に持ち物は不要だと言われていますから」

制服を準備しているというがそもそも【エリタージュ】は素子さんと旦那さんしか従業員はおらず、アルバイトを雇うのは楓さんが初めてのはずだ。どんな服を用意したって言うんだ？　まぁ楓さんだから何を着ても似合うのは間違いないが。

「勇也君こそすごく眠たそうですけど大丈夫ですか？」

「あぁ……うん、大丈夫。今日はバイトも部活もないからね。ゆっくりしながら楓さんの帰りを待つことにするよ」

ちなみに俺が寝不足なのは一晩中胸の中でこの美少女がスヤスヤと寝息を立てていたせいである。

「たまには二度寝もいいと思いますよ？　なんなら私がいつも使っている枕を抱きしめて

もいいですからね？」

「ん……それは悪くない、実に素晴らしい提案だけど抱き枕にするならやっぱり本物の楓さんがいいかな」

何せ匂いとか感触が段違いだから、なんてことをボソッと呟いたところでようやく俺は我に返った。ヤバイ、俺はなんてことを口走ったんだ⁉

「そうですか、そうですか。勇也君は私を抱き枕にしたいんですか。そういうことなら早く言ってくださいよぉ。勇也君が望むなら……私はいつでも抱かれる覚悟はありますよ？」

「言い方が語弊しか生まないんだが⁉　俺が言ったのは楓さんのことを抱きしめながら寝たいなぁって意味でそれ以上でも以下でもないからね⁉」

「もう、勇也君も素直じゃないですね。それじゃ私がお仕事を頑張ったご褒美《ほうび》にたくさん勇也君のことを抱きしめていいですか？　いいですよね？　答えは聞きません！」

そして元気よく〝いってきます！〟と言い残し、楓さんは勢いよく扉を開けて家を飛び出していった。

楓さんの人生初のアルバイト初日を見送ったけど、早くも帰って来てからのことを考えたら不安になる。まぁ一日頑張ったご褒美に存分に甘やかすつもりではいるが度を越さないだろうか。

「まぁでも……それ以上に楓さんが上手《うま》くやれるかどうかやっぱり心配だなぁ。こっそり変装して覗《のぞ》きに行くか？」

何でもそつなくこなしてしまう楓さんのことだから恐らく杞憂《きゆう》に終わるだろうが、それでも初めての接客の仕事で緊張していないか、失敗してお客さんに怒鳴られて泣いたりしないかなど、考え出したら負のスパイラルに嵌《はま》ってキリがない。

「うん。この調子だと家でじっとしていても何も手につかないな。お風呂《ふろ》に入って頭をスッキリさせてから様子を見に行こうそうしよう」

そのためには俺だとすぐに気付かれては意味がないので顔を隠す道具は必須だが大丈夫。

普段は滅多につけない整髪料《ワックス》で髪を立たせ、そこにサングラスとマスクを着ければすぐに俺とはわかるまい。晩夏の格好としては些《いささ》か不審者感が否《いな》めないが背に腹は代えられない。

これも楓さんを見守るためだ。

ちなみにサングラスは沖縄旅行用に楓さんと一緒に買ったお揃《そろ》いの品である。旅行の時にかけて行きましょうとせがまれたが、お揃い――Tシャツではなくオシャレなサングラス――というのがあまりにも恥ずかしく、勘弁してくださいと楓さんに懇願して封印となった一品だ。それを今日、解禁する。

服はいつも通りでいいだろう。というかこのために買いに行く時間もないし勿体《もったい》ない。まさか着ている服で俺だと気付かれないよな？　いや、楓さんのことだから気付くかもしれない。

「俺が逆の立場だったら……うん、多分気付くな」

楓さんが髪形を変えてサングラスとマスクを着け、客を装《よそお》って俺のアルバイト先に来たとしても服を見てすぐに楓さんだとわかると思う。それ以前に楓さんが無意識に身に纏《まと》っているキラキラと輝くオーラに気付かないはずがない。

「まぁでも今日はしょうがないと割り切ろう。最優先事項は頑張っている楓さんをこの目で見守ることだから」

自らを奮い立たせるように独《ひと》り言《ご》ちてから、とりあえず俺は風呂へと足を向ける。身体の中に沈殿している眠気を吹き飛ばすには頭から水を被《かぶ》らなければ。

着替えを用意するために寝室へ立ち寄り、ふとベッドに視線を向けると楓さんの香りがたっぷりと染《し》み込んだ枕が目に映った。

これに頭を載せたら楓さんを間近に感じて心地よく眠れるだろうな。頭の中で〝どうぞ使ってください〟と天使の声による誘惑が聞こえた気がした。

「……少しだけ。少しだけならいいよね？」

甘美な幻聴に抗《あらが》えず、俺は楓さんの枕にポスっと頭から突っ伏した。その瞬間、甘く爽やかな色香が鼻腔《びこう》全体に広がり、脳が多幸感に包まれて身体から余計な力が抜けていく。まるで聖母に優しく抱きしめられているかのようだ。

「これは……想像以上に、ヤバイ……かも……」

どこまでも沈んでいく底なし沼のような感覚に襲われる。それは決して恐怖を覚えるものではなくむしろその真逆。このままどこまでも沈んでいきたいと思わずにはいられない幸福の泉に身を委ねたくなるような感覚だ。

気が付いたときには俺の意識は夢の中へと旅立っており、再び目が覚めた時にはすっかり陽《ひ》は高くなっていて、時計の針は二時間ほど進んでいた。

眠気どころか身体に溜《た》まっていた疲れすらも吹き飛んでいたことに驚きつつ、俺は転げ落ちるようにベッドから降りると、すぐさまシャワーを浴び、身なりを整えて昼食を食べる間もなく家を出たのだった。

＊＊＊＊

二度寝から目覚めて【エリタージュ】の前に俺が到着したのは、お昼の混雑時間が過ぎてしばらく経《た》っている上におやつの時間にはまだ早い何とも微妙な時刻だった。

ちなみに現在俺がいるのは【エリタージュ】の真向かいにあるファストフード店。ここからならギリギリ中の様子が窺《うかが》えるし、楓さんから気付かれる心配もない。

飲み物だけを頼んで窓際《まどぎわ》の席から様子見をしつつ、後程客を装って店内へ入る。それが移動中に考えた計画だ。ザルとか言うな。

「それにしても……まさか素子さんが用意した制服がクラシカルなメイド服だったとは。似合いすぎにも程があるだろう」

なんてものを用意してくれたんだ、素子さん！　あとでしっかりお礼を言わなければいけないな。なんなら写真を撮らせてもらうか。ツーショットも悪くないな。それをスマホの待ち受けにしよう。なんてことを考えてしまうくらい、働く楓さんの衣装は可愛いものだった。

メイド服と一口に言っても種類はたくさんある。

二段のフリル構造になっているロングスカートと白い丈長なエプロンを身に着けた由緒《ゆいしょ》正しい清楚《せいそ》なクラシカルタイプもあれば、秋葉原でよく目にする生足を露出したミニスカタイプ。そこから胸やお尻の露出度を極度に上げたフレンチタイプもある。さらにチャイナ服や和装と混ぜてみたりと、ジャパニーズメイドの種類は多岐にわたる。もしこれを19世紀の英国淑女が見たら卒倒するだろうな。

それはさておき。素子さんが楓さんのために用意した【エリタージュ】で働くためのメイド服は清楚なクラシカルタイプだった。

澄んだ夜空のように綺麗《きれい》な楓さんの流髪に純白のエプロンとキャップがよく映えるし、持って生まれた華やかさと天真爛漫《てんしんらんまん》な笑顔が合わさることで、小さな老舗の喫茶店に穢《けが》れを知らない清純な天使が舞い降りたかのようである。

「こういう服なら毎日家で着てほしいかも……」

思わず口から素直な感想が零《こぼ》れる。これまで楓さんが俺への〝ご褒美〟と称して着てくれた服はどれも確かに文句のつけようがないくらい似合っていたし、月並みな言葉になるがすごく可愛かった。

だが同時に煽情的《せんじょうてき》過ぎて俺はいつも頭を悩ませる。

未《いま》だ成長を続けるマシュマロのようにふんわり柔らかそうな二つの果実。惚《ほ》れ惚《ぼ》れする曲線を描く細くしなやかな柳腰。キュッと締まった安産型の桃尻。すらりと伸びた肢体を加えた絵画に描かれる女神のような完璧なプロポーションを誇る楓さんが、裸にバスタオ

ル一枚、スク水、童貞を殺すセーターを身に纏って誘惑して来るのだ。あまりの艶美《えんび》な姿に興奮しすぎて意識が飛んだことは一度や二度ではない。

「これはあれだな。バイトが終わったら素子さんにお願いしてあのメイド服を譲ってもらおう」

「……こんなところで一人で何をしているの、吉住《よしずみ》？」

不意に背後から声をかけられたので振り返ってみると、呆《あき》れた顔をした二階堂《にかいどう》がトレイを持って立っていた。

二階堂の装いはバスケで鍛えられた美脚を惜しげもなくさらけ出すショートのデニムパンツと、これまた大胆に肩とチラリとデコルテラインを見せるオフショルダーのブラウスの組み合わせ。

普段の凜々《りり》しさに加えて可憐《かれん》さと女子高生離れした色香が漂っており、店内にいるお客さんが見惚《みと》れて息を飲んでいるのがわかる。俺もその一人だ。

「べ、別にいいだろう？　俺だってたまには一人でこういう店に来たくなる日もあるんだよ」

「ふぅん。そうなんだ。でも私はてっきり窓の向こうに見える【エリタージュ】で働いているメイド服姿の一葉《ひとつば》さんを観察しに来ているものだと思ったんだけど……蕩《とろ》けた顔で見つめながら〝こういう服なら毎日家で着てほしいかも〟って言っていたのは私の聞き間違いかな？」

そう言ってニヤリと笑う二階堂。なるほど。俺の独り言はバッチリ聞かれていたってわけか。ただ不幸中の幸いなのは、これがからかうのが大好きな大槻《おおつき》さんや楓さん大好きな結《ゆい》ちゃんじゃなくて二階堂だったことだ。あの二人ならなんて言われていたことか。

「二階堂さん。今の俺の呟《つぶや》きのことは忘れていただけますか？」

「それはキミの誠意次第だよ、勇也」

「……コーヒー一杯で勘弁してくれ」

「フフッ。特別に今回それで手打ちにしてあげるよ」

そう言って二階堂はごく自然と、空いていた俺の隣の席に腰を下ろした。肩が触れそうになるほどの距離感。甘く爽やかなアロマの香りが何気なく掻《か》き上げた髪からふわりと漂い、鼻腔に届く。

普段嗅ぎなれない新鮮な芳香にわずかに心臓の鼓動が速くなり、頬が熱を帯びるのを自覚しつつ、それを二階堂に悟られないよう軽く咳払《せきばら》いをして無理やり話題を変える。

「そんなことよりも。宿題会もないのにどうして二階堂はここにいるんだ？　もしかして暇なのか？」

「もしかしたら【エリタージュ】に行けば吉住に会えるかもしれないと思ったから……なんて言ったらどうする？」

頬杖《ほおづえ》を突きながらフフッと笑う二階堂の顔は哀愁と儚《はかな》さを帯びていた。俺がなんて答えるべきか悩んでいると、

「冗談だから真剣に悩まないで。家でずっと勉強していても疲れるから、息抜きに【エリタージュ】に来たんだよ。そうしたら中に何故《なぜ》かメイド服姿の一葉さんが働いているのが見えたからついこっちに……」

「そういうことだったのか。というか冗談でも答えに困るからさっきみたいなのは勘弁してくれ」

「そっちは約束できないかな。それで、吉住が一人でここにいるのはアルバイトを始めた一葉さんが心配でこっそり覗《のぞ》き見に来たってところかな？　珍しくサングラスをかけて髪もカッコよく整えちゃって……もっと私を惚れさせたいの？」

「……単に楓さんに気付かれないようにするための変装でしただけだよ。それ以上の意図はもちろん他意もない」

「もう……吉住のバカ。冗談なんだから真面目に答えないでよ」

「……ごめん」

「ううん。私が悪いから謝らないで。それにしても驚いたよ。まさか一葉さんがアルバイトを始めるなんて。どういう風の吹きまわし？　もしかして明日の天気は雪？」

ほんのり空気が苦くなったのをリセットしようと、二階堂が強引な力技で話題を楓さんへ振った。それにしたって明日の天気は雪っていうのはあんまりな言い草だな。ただアルバイトを始めただけだぞ？

「吉住は毎日のように一緒にいるから感覚がマヒしているかもしれないけど、一葉さんって社長令嬢だよね？　アルバイトなんてしなくてもいいんじゃないの？」

二階堂の言うことは一理ある。この光景を第三者が見たら〝一葉さんがアルバイトなんて意外！〟〝一葉さんのメイド服姿、すごく可愛《かわい》い！〟と思うだろう。

だがそれはあくまで表面上の事実を捉えているだけに過ぎない。ただ事情を知らないので真の目的があることに気が付けという方が無理な話ではあるが。

「楓さんがアルバイトを始めたのは二階堂、キミが原因だよ」

「んん？　ごめん、吉住。申し訳ないけど本当に意味がわからないよ。私、一葉さんに何かした？」

おそらくこれは二階堂に限った話ではない。結ちゃんや大槻さん、伸二《しんじ》に尋ねてもきっと答えは同じはずだ。だからこそ楓さんは自分だけみんなと違うことに深く落ち込んだんだろうな。

「別に何もしていないよ。それに厳密に言えば二階堂達、なんだけどな。この間みんなで集まって【エリタージュ】で宿題をした時に将来の夢の話をしただろう？　その時の楓さんの様子、覚えているか？」

「うん。一葉さんの夢は吉住のお嫁さんになること、だったよね？　それとアルバイトがどう繋《つな》がるの？」

苦笑いしながら俺が尋ねたことに二階堂は即答した。

「その後にみんなが聞いただろう？　楓さんがしたいことは何かって。でも楓さん、答えられなかっただろう？　それが自分でもショックだったみたいで悩んじゃったんだよね」

「そんな……だって一葉さんだよ？　可愛くて、頭もよくて気立てもいい。嫉妬するのも馬鹿らしくなるくらい何でも出来るのにどうして……？」

「まさにそれだよ、二階堂。努力すれば何でも出来ちゃうから、楓さんは自分が本当にしたいことが何かがわからないんだと思う」

「そっか……言い換えれば一葉さんは賢すぎるから選択肢がたくさんあって、その中から選べないってことなんだね」

まさにその通り、と俺は二階堂の言葉に頷《うなず》いた。ただこうして悩むのは何も楓さんに限った話ではなく誰もが通る道だ。二階堂や大槻さんのようにすでにやりたいことが明確に定まっている方がむしろ珍しい。

「二階堂がスポーツに関わる仕事がしたいって思ったのは自分がバスケをしているからだよな？　それってつまり自分が経験したことが土台となって将来の夢になったわけだろう？　だから楓さんもたくさん経験を積もうって話になったんだよ」

「なるほどね。それでアルバイトをしてみようってなったわけか」

「まぁ今話したことは全部楓さんのお母さんの受け売りだけどな。学校っていうコミュニティから出て社会に触れることで得るものがあるはずだとも言ってたよ」

ここまで話したところで俺は渇いたのどを潤すために飲み物に口を付けた。

「フフッ。ホント、吉住は一葉さんが大好きなんだね」

「なんだよ、藪《やぶ》から棒に。今の話のどこにそう感じる要素があったんだ？」

頬杖を突いて微笑《ほほえ》む二階堂。俺はいたって真面目な話をしていたはずだし、一言も楓さんのことが大好きだ、なんて言っていないぞ。

「私の周りには吉住や秋穂《あきほ》達以外にも付き合っているカップルがいるからね。その彼氏さん達と比べたら一葉さんに対する勇也の思いやりの気持ちが際立《きわだ》って見えるんだよね」

「相手を思いやるって普通のことだろう？　特別なことでも何でもないはずだ」

「普通なら恋人が将来の夢で悩んでいてもここまで親身になったりしないよ。ましてや初めてのバイトが心配だから様子を見に行くなんてことは絶対にないね」

そういうものなのだろうか。俺が辛《つら》かった時に誰よりも傍《そば》で支えてくれたのは楓さんだったから、俺も彼女が悩んだり苦しんでいる時に支えたいと思っているだけだ。好きな人と一緒に過ごすってそういうことじゃないのか。

「だからそういうことを平然と口にできるのが吉住の素敵なところ――うん、この話はこの辺で終わりしようか」

わずかに赤みを帯びた頬の熱を冷やすため、二階堂も飲み物に口を付ける。

「要するに私が言いたいことはただ一つ。吉住は天然のスケコマシってことです。主な被害者は一葉さんと私」

「それは……なんかごめん」

「でもこれ以上被害者を増やさないように気を付けないとダメだよ？　叶《かな》わない恋を負わせるのは気の毒だからさ」

二階堂にポンと肩を軽く小突かれる。不思議な会話をしている気がするが、告白を経ても変に取り繕ったりするのではなく、今まで通りであろうと望んだのは他でもない俺達だ。それなのに俺が変に気にしたり気遣ったりしたら逆に二階堂を傷つけることになる。

「大丈夫だよ。俺のことを好きになってくれる子なんてそうそう現れたりしないさ。強いて言えば夏祭りの時に会った梨香《りか》ちゃんくらいだけど……小学二年生の恋なんて麻疹《はしか》みたいなものだろう。すぐに忘れるさ」

「梨香ちゃんって将来の夢が〝勇也お兄ちゃんのお嫁さんになること〟って言った女の子だね。まったく、吉住の守備範囲は広すぎじゃない？　この調子なら年上にも吉住のことが好きな人がいてもおかしくないね」

年上の人か。実は知り合いの中で一人だけいるのだが、最後に会ったのは俺が中学生に上がった時で、連絡もその人が海外の大学に行くことになったと報告を受けて以来取っていない。

一人っ子で家庭に色々問題《主に借金》を抱えていた俺にとってタカさんが年の離れた兄貴分なら、その人は俺の面倒を見てくれた頼りになるお姉さんだ。結ちゃんにとっての楓さんに近いかな。小学生の頃は付き添い登校してもらったな。歳《とし》が五つ離れているからその人はすぐに卒業したけど。それからは一緒に登校するのは無理になったけど毎日見送りには来てくれたよな。

「……その顔は、もしかしなくてもいるんだね？　知り合いの中にとても近しい年上の女性が」

二階堂がずいっと顔を近づけながら底冷えするような声で尋ねてきて、俺は思い出の中から帰還した。

「二階堂が想像しているようなことは何もないよ。俺にとっては姉のような人だし、その人にとって俺は歳の離れた弟みたいなものだから。恋愛感情を抱いたとしても、それこそ梨香ちゃんと同じで麻疹みたいなもんだよ」

一緒に過ごした時間もそんなに多くない。クソッタレな父さんと母さんが仕事でいない時はタカさんの運転でその人と遊びに行ったこともあるがその程度。

一緒にいて楽しいから好きという感情を抱きもしたが、それは恋愛ではなく家族に向けるそれに近い。だから今目の前に現れたとしても驚きこそすれ何も起きたりはしない。

「フフッ。それもそうか。吉住の目に映っている女の子は一葉さんだけだもんね。むしろ一葉さん以外の女の子を映したら私、本気で怒るからね？」

「……バカ。そんなこと、俺がするわけないだろう」

「……そこまで自信満々に言い切られると、それはそれでむかつくんだけど。実は吉住がメイドさんが好きなこと、コーヒー一杯で手を打つのはやめようかな」

二階堂、そういうのを世間では理不尽って言うんだぞ。あと俺は断じてメイドさんが好きなわけではなくメイド服を着た楓さんが好きなんだ。似ているようで意味は違うからな？

「私から言わせたら同じようなものだよ。まぁそれはいいとして。そろそろ移動しようか、吉住」

残っていた飲み物を一気に飲み干して二階堂は立ち上がった。移動するのは構わないけどもしかして二階堂も一緒に行くつもりなのか⁉

「一葉さんが働いていたからここで勉強するつもりだったんだけど働いている理由を聞いたら私も気になってさ。メイド服も興味あるし吉住も一緒だからいいかなって」

「……よくはないけど、どうせ俺が何を言っても付いてくるんだろう？」

「さすがだね、吉住。よくわかっているじゃないか。そういうことだから早く行くよ！大丈夫、一葉さんに変に思われないように私からちゃんと話すから」

「その言葉……信じるぞ、二階堂」

任せておきなさいと胸を叩《たた》くイケメン美少女。その姿に一抹の不安を抱きながら、俺は彼女の後を追って席を立つのであった。

＊＊＊＊＊

カラン、コロン、と心地良い鐘の音が店内に響き渡る。老舗の喫茶店らしいレトロな入店を知らせる仕組みに思わず心がほっこりと安らぐ。

「いらっしゃいませ！　何名様ですか——って勇也君⁉」

店の奥からてこてこと小走りでメイド服姿の楓さんがやって来ると、普段よりワントーン高い声で元気よく、そして可愛く応対してくれたと思ったらすぐにいつもの調子に戻って驚きの声を上げた。

髪形を変え、サングラスを装備しているのに——マスクは二階堂に危ない人に見えるからやめてと言われたので外した——一瞬で気付かれてしまうとは。

「どうして一人でサングラスデビューしちゃったんですか⁉　沖縄旅行で一緒にかけていきたかったのに、恥ずかしくて無理って頑《かたく》なに拒否したのを忘れたとは言わせませんよ⁉」

「お揃《そろ》いのサングラスはオシャレすぎてハードルが高いって何度も言ったよね？」

「それにその髪形！　普段はあまり整髪料つけないのに今日はどうしてバッチリカッコよく決めているんですか⁉」

こらこら楓さん。俺は仮にもお客さんだよ？　お客さんの胸ぐらを掴《つか》んでグラグラと激しく揺らすのはどうかと思うよ？　脳が震えるなぁ。

「落ち着いて、一葉さん。吉住がこんな格好をしているのは全部キミのためだよ」

「に、二階堂さん……？　え、どうして二人が一緒にいるんですか？」

「吉住と会ったのはまったくの偶然だよ。息抜きがてらに【エリタージュ】で勉強しようかなって思って来てみたら、陰からこそこそお店の中を覗《のぞ》いている不審者がいてね。それが吉住だったんだ。通報しなくてよかったよ」

なるほど。二階堂の筋書きでは俺は不審者扱いというかわけか。もし俺が編集者ならそんな台本は即没行きだ。なんてことを考えている最中も二階堂の話は続いている。

「理由を聞いたら一葉さんがアルバイトを始めたって言うじゃない？　でもちゃんとやれているか不安でしょうがなくて、居ても立っても居られなくなったから見に来たんだってさ」

「そ、そうだったんですね……もう、勇也君は過保護ですね！　私なら大丈夫だと今朝何度も言ったじゃないですか」

「そうは言っても楓さんは初めてだろう？　家でじっと待つくらいなら見に行った方が安心できると思ったんだよ」

「そんなこと言っているけど、吉住ったら中々入らないから私が無理やり連れてきちゃった。誤解させるような真似《まね》してごめんね」

「そういうことだったんですね。勇也君、心配してくれてありがとうございます。二階堂さん、変に疑ってごめんなさい」

ぺこりと頭を下げる楓さんと、気にしないでと笑顔でそれを制する二階堂。間に挟まれる俺の心境は実に複雑だ。

「あっ、今はお仕事中でした！　勇也君と二階堂さんの二名様ですね。お席に案内しますのでこちらへどうぞ」

百点満点のスマイルを浮かべた楓さんに促され、俺と二階堂は窓際《まどぎわ》の一番いい席に案内された。そこは窓際のテーブル席で、店内を一望できるので楓さんの仕事ぶりを観察するにはもってこいの場所だった。

「フフッ。一葉さんも中々の策士だね。抜け目ないなぁ」

「確かに楓さんは策士だけど時々策に溺れるお茶目なところもあるけどな」

「そういう意味じゃないんだけど……まぁいいか。それじゃ約束通り、口止め料を頂くとしようかな」

意味深なことを口にしながら、二階堂はメニュー表を広げる。懐《ふところ》が寂しいとはいえコーヒー一杯でメイド好き疑惑を流布《るふ》されずに済むのなら安いものだ。

「それじゃたまにはメロンフロートなんか頼んじゃおうかな。メロンソーダーとバニラアイスが一緒に楽しめるのってお得だよね」

キラッとウィンクで星を飛ばしながら言うんじゃない。銀河の歌姫にでもなるつもりか？　あと確かにジュースとアイスを二つ同時に味わえるのはお得だけど、俺の懐事情的にはお得感は皆無だ。

「メロンソーダーか……懐《なつ》かしいな。子供の頃に数えるくらいしか飲んだことないけど美味《おい》しいよな」

なにせ我が家の台所事情は常に火の車だったから、クソッタレな父さんが一山あてのお祝いの時くらいしか外食は出来なかった。ファミレスにはタカさんによく連れて行ってもらったけど、その時は肉ばっかり食べて甘い物は頼まなかったし。

「フフッ。なら久しぶりに吉住も頼んでみたら？　なんなら私とシェアする？」

「俺はアイスコーヒーにしておくよ。あとそういう冗談はやめてくれって何度も言っているだろうが」

「そう言いながら顔が少し赤くなっているところが吉住の可愛《かわい》いところだね。一葉さんもそう思うよね？」

「はい！　いつも私がお願いすると勇也君は顔を真っ赤にしながら怒るんですけど、それがとっても可愛いんですよね。そして何だかんだ言いながらお願いを聞いてくれるツンデレさんなところも高ポイントです！」

楓さん、あなたはいつからそこにいたんです？　仕事をサボったらだめですよ、と言いかけて店内を見渡すと俺達以外の客はいなかったし、カウンターの前にいる素子さんはニコニコと笑っている。あなたの差し金か。

「まぁシェアするのは冗談として。一葉さん、注文いいかな？」

「はい！　メロンフロートにアイスコーヒーですよね？　勇也君、ミルクとガムシロップは必要ですか？」

普段家でコーヒーを飲むときは砂糖を入れないことを知っているのに尋ねてきたのは楓さんの中で今はまだ仕事中ということになっているからこそだな。こういう細かい気配りを初日から出来てしまうのが楓さんの凄《すご》いところだと俺は思う。

「それじゃミルクだけ貰《もら》えるかな？」

「かしこまりました。それではご用意いたしますので少々お待ちください」

優雅に一礼してから楓さんは素子さんと合流してカウンターの中へと姿を消した。そんな楓さんの背中を二階堂と見送ったのだが、目の前のイケメン美少女はうっとりした顔で感嘆のため息をついた。

「ハァ……やっぱり一葉さんはすごいね。初めてのバイトとは思えないよ。一つ一つの動作がとても綺麗《きれい》だし、最後のお辞儀なんて本物のメイドさんみたいでびっくりしたよ」

初めてのアルバイト、しかも初対面の人と絶対に話さなければならない接客の仕事なので初日は緊張して余裕がなくなるはずなのにその様子は微塵《みじん》もない。

もしかしたら俺が見ていない午前中はそうじゃなかったかもしれないが、それは家に帰ってから聞けばいいだろう。

「でも大丈夫？　この調子だと一葉さんのやりたいこと探しは空振りに終わるんじゃない？」

「それでもいいと俺は思ってるよ。このアルバイトはあくまできっかけだよ。今はとにかく色んな初めてに触れること。それを基に楓さんなりにやりたいことを探していけばいいんじゃないかな」

人は生涯を通じて成長していくものだと桜子さんも言っていたように、楓さんは今まさに成長するための一歩を踏み出したところだ。そんな彼女を温かく見守り、疲れて帰ってきた彼女を癒《いや》し、隣で支えて応援していくのが俺の役目だ。

「……吉住の一葉さんへの想《おも》いは空よりも広くて海よりも深いね。そこまで思われている彼女が本当に羨ましいよ」

　そう言って微笑《ほほえ》む二階堂の顔はどこか寂しげで、俺は直視することが出来ずに思わず視線を窓の外へ移した。

「あっ、そうだ。さっき聞きそびれたことがあったんだけどいいかな？」

「ん？　あぁ、別に構わないけど……？」

「小学生の頃に吉住が大好きだったお姉さんについて、もう少し詳しく聞かせてほしいなあって思ってさ」

「ゆゆゆ、勇也君が大好きだったお姉さん⁉　それってどういうことですか⁉　私、聞いていません！　すごく気になります！　今すぐ可及的速やかに教えてください！」

　トレイにメロンフロートとアイスコーヒーを載せたまま楓さんが叫ぶ。うん、危ないからまずはその二つをテーブルに置いてからにしようね。

「大丈夫だよ、楓さん。お姉さんと言っても小学生の頃に付き添いで一緒に登校してくれた人だから。当時はタカさんと一緒によく遊んでもらったんだけど、もう何年も連絡すら取っていないから」

「本当ですか⁉　実は勇也君の憧れの女性だったとかではないんですか⁉　もしくは初恋だったとかでは⁉」

俺の説明に納得がいかなかったのか、楓さんは瞳に雫《しずく》を浮かべながら詰め寄ってくる。この如何《いかん》ともしがたい状況を作り出した張本人は呑気《のんき》な顔でバニラアイスをスプーンですくって食べている。チクショウ。

「自分でもその人が初恋の人だったかどうかはわからない。でも俺が今好きなのは楓さんだけだよ。それじゃ……ダメかな？」

透き通った宝石のような綺麗な瞳を真っ直《ます》ぐ見つめながら、俺は楓さんの心に訴えかけるように尋ねた。

「うぅ……ダメじゃない、です……ってもう！　勇也君のバカ！　ド直球に私が喜ぶようなことを言わないでください！　でもそんな勇也君が私は大好きです！」

そう言って満面の笑みを浮かべて抱き着こうとしてくる楓さんの肩をとっさに摑んでそれを阻止する。どうしてですかぁ⁉　と叫んでもダメです。だってあなたは今仕事中でしょう！

「うぅ……勇也君がいけずどころか容赦がないです。公私混同させてくれません」

「公私混同しちゃダメだからね⁉　いくらお客さんが俺達しかいないといっても今だけかもしれないからちゃんとしないとダメだよ？」

「ぐうの音も出ないとはこのことです……悲しいですが私は仕事に戻ります。ごゆっくりどうぞです」

しょんぼりと肩を落としながら楓さんは素子さんがいるカウンターへと戻って行った。

お客さんが来るまではあそこが定位置なのか。

「ホント、勇也と一葉さんはいつでもどこでも簡単にストロベリーワールドを展開するよね。私が目の前にいることを忘れてないよね？」

苦笑いをしながら二階堂はメロンソーダーをたっぷり染《し》み込ませたバニラアイスを口へと運ぶ。さも自分は被害者ですという口振りだが、そもそも楓さんが取り乱したのは二階堂の発言が原因だからな？

「私なりの意趣返しだったんだけど……まぁいいや。それで、吉住のお姉さん代わりだったその人の名前はなんていうの？」

「それを聞いたところで二階堂には何の得にもならないと思うけど……？」

「まぁいいじゃない。吉住の初恋かもしれない人の名前を知っておきたいんだよ。それこそ減るものでもないんだし、いいでしょう？」

だから初恋かどうかなんてわからないって何度も言っているだろうに。だというのに二階堂は手と手を合わせてコテッと首を傾《かし》げながらお願いして来る。その破壊力たるや楓さんの上目遣いからのおねだりと同等クラスだった。俺は頭をガシガシと掻《か》いてからぶっきらぼうに答えた。

「その人の名前は千空寺貴音《せんくうじたかね》。千の空にお寺、貴い音って書いて千空寺貴音。五歳差だから今年大学を卒業するはずだけど、アメリカの大学に通っているから詳しくはわからない」

「千空寺……？　どこかで聞いたことがあるような……？」

それもそのはず。千空寺家は日本全国にリゾートホテルを展開しており、開発する際にその土地の魅力を最大限に活《い》かすことをコンセプトとしている。そのため一つとして同じ施設はなく、一度泊まればまた必ず行きたくなると高い評価を得ており、近年では海外に事業を拡《ひろ》げて世界にその名を轟《とどろ》かせつつある。

それが創業百年余の歴史を持つ千空寺リゾートであり、貴音さんはその現経営者の長女である。

「ど、どうしてそんな人と吉住が知り合いなのさ？」

驚き、声を震わせながら尋ねてくる二階堂。無理もないよな。俺も貴音さんが大企業の社長令嬢だって知った時は驚いた。楓さんと同じようにそれを一切鼻にかけることはなく、自分からもそういうことは話さない人だったからな。

「たまたま近所に住んでいたってだけの話だよ。それ以上でも以下でもない。本当にただの偶然だよ」

俺は平然と答えてからアイスコーヒーを口へ運ぶ。もちろんこれは嘘《うそ》だ。俺が貴音さんと知り合ったのにはクソッタレな父さんとタカさんが関係している。

父さんが借金をしていた原津《はらつ》組。貴音さんにとって原津組の組長さんは母方の祖父にあたる人だったのだ。その関係で貴音さんはタカさんと知り合い、仕事で俺の家に来たタカさんの紹介で俺は彼女と出会ったのだ。

ちなみに千空寺リゾートと原津組の関係は完全なトップシークレット。組の中でもタカさんを含めてごく一部の人間しか知らないし、俺が知っているのも貴音さんがこそっと教えてくれたから。当然両親にも話していない。

「まぁ吉住がそう言うならそういうことにしておくけど……実は親同士が決めた許嫁《いいなずけ》でしたっていう落ちはないよね？」

「……二階堂。それはさすがにラノベの読みすぎだよ」

貴音さんのことだからとっくにいい人を見つけているだろうし、何より俺は楓さんと一緒になるって決めているからな。

「ねぇ、吉住。盛大なブーメランになっていることに気付いているかな？　今のキミだって十分ラノベの主人公だからね？」

「……うるせぇよ」

バツが悪くなった俺はアイスコーヒーを飲もうと再びグラスに手を伸ばすが悲しいことに中身はすでに空だった。そんな俺を見てクスクスと笑う二階堂。

「フフッ。愛《いと》しの店員さんを呼んでお代わりを頼んだらどう？」

「……ちくしょう」

からかい上手の二階堂さんですね、まったく。

＊＊＊＊

結局俺は楓さんの勤務が終わる17時まで【エリタージュ】にいた。今は会計も済ませて店の外で彼女を待っていた。

ちなみに二階堂は〝二人の邪魔をこれ以上するわけにはいかないからね〟と言って俺より一足先に店を出たのでこの場にはいない。また口止め料として二階堂が注文したメロンフロート代も結局俺が支払うことはなかった。その理由は、

『偶然だったとはいえ勇也と一緒に喫茶店でおしゃべり出来たからね。今回はそれでチャラにしてあげる』

なんて言葉を言い残して颯爽《さっそう》と立ち去って行った。台詞《せりふ》と行動がここまで一致するイケメンな女の子を二階堂以外に俺は知らない。

「お待たせしました、勇也君！」

なんてことを考えていると、勢いよく扉を開けて私服に着替えた楓さんが店から出てきた。メイド服も可愛《かわい》かったけど普段着の方が見ていて落ち着くな。

「一日お疲れ様、楓さん。初めてのアルバイトはどうだった？」

「はい！　何もかもが初めてで新鮮で、覚えることもたくさんあって大変ですがとても楽しいです！」

そう言って満面の笑みを浮かべる楓さんを見て俺は安堵《あんど》のため息をついた。この様子なら問題なく働いていけるな。仕事ぶりも見た限り大丈夫そうだし。

不安があるとすれば明日以降、超絶可愛い美少女メイドさんが働いていると評判になって客が殺到するかもしれないということだ。いっそのこと俺も働くか？

「超絶可愛い美少女メイドって……大袈裟《おおげさ》ですよ、勇也君。私はいたって普通の新人店員さんですよ？」

「いや……その認識は間違っているよ、楓さん。メイド服を纏《まと》った楓さんは見る人全員を幸せな気持ちにさせること間違いなしだ。そんなメイドさんに接客をされてファンにならない客がいようか？　いやいない！」

俺は思わず拳を作って力説する。日本一可愛い女子高生のメイド服姿だぞ？　今日来たお客さんは男女問わず楓さんを見て〝可愛い〟って漏らしていたし、中には若いサラリーマンが連絡先を聞き出そうとして素子さんに怒られてもいた。二階堂に制止されなかったら俺の楓さんに手を出すなと叫んでいたぞ。

「……勇也君はもしかしてメイドさんが好きなんですか？」

「それも違うよ、楓さん。俺が好きなのはメイド服を着た楓さんであってメイドさんが好きなわけじゃないからね？」

「なるほど。勇也君はメイド服が好きと。私にお家《うち》でも着てほしいと、そういうことですね⁉」

ずいっと顔を近づけながら尋ねてくる楓は自信満々な様子。そして悲しいことに大正解なんだよな。家で着てほしいって思ったし、一度でいいから楓さんに〝お帰りなさいませ、ご主人様〟って言われたい。

「フフッ。勇也君が甘えん坊モードに入りましたね。それなら今夜は主従プレイをしますか？　心配して見に来てくれた勇也君への私からのお礼ということで」

「この程度でお礼なんて、それこそ大袈裟だよ。でも一応主従プレイの内容を聞かせてもらってもいいかな？」

好奇心は猫を殺すという言葉があるが、黙って聞き流せという方が無理な話だ。それに話を聞くだけで実際はしっかりちゃんと断るつもりだし。

そんな俺の固い決意を試すように、楓さんはぺろりと舌なめずりをしてから妖しく微笑《ほほえ》むと、俺の耳元で甘い声で囁《ささや》いた。

「ご主人様が大好きな従順メイドになって、身も心も蕩《とろ》けるようなご奉仕をたくさんしてあげます」

「ちょ、楓さん⁉」

ご奉仕という甘美で艶美《えんび》な言葉の響きに俺の身体《からだ》に電流が奔《はし》る。どんなことをしてくれるのかを想像したくなるがそれをしたら戻って来られなくなる。そこから先は地獄だぞ。

「フフッ。ねぇ、ご主人様。私にどんなことをしてほしいですか？　ご主人様が望むなら私は何でもしますよ」

楓さんの息遣いがわずかに荒くなり、耳に吹きかかる吐息も熱を帯び始める。歯を食いしばって心頭滅却するが、そんな俺の心中を弄ぶように小悪魔メイドの楓さんは蠱惑《こわく》的な誘惑を続ける。

「知っていますよ。実はご主人様は私と一緒にお風呂《ふろ》に入って背中を流してもらうのが大好きなこと。必死に逸《そ》らしていますが、時々熱い視線を私の胸に向けていることも、触りたそうにしていることもお見通しです。ご主人様のエッチ」

「そそそ、そんなことないよ⁉　楓さんの勘違いでは⁉」

「フフッ。ご主人様がお望みならたくさん身体を洗ってあげますよ。私のおっｐ――――」

「スト――――ップ！　それ以上は言わせねぇよ⁉　というかなんてことをなんて場所で言うんですかね⁉」

　ゾクゾクと心地良い震えをもう少し味わっていたいところではあるが、さすがに限度というものがある。加えて家の中でならまだしもここは外。小声とはいえ誰かに聞かれでもしたら恥ずかしくてこの辺を歩けなくなる。

「勇也君が教えてほしいって言うからお話ししたのに……あっ、最後に一つだけ。身体を洗うレクチャーは口頭でお母さんからすでに受けていますからバッチリなので安心して身を委ねてくれて構いませんからね！」

「うん、まったくもって安心出来ないです」

　毎度毎度。どうして桜子さんは楓さんに余計な知識《素晴らしい》を伝授するんだ。もしかして孫の顔が早く見たいとか楓さんに言っていたりしないよな？

「それは……禁則事項です！　さぁ勇也君。そろそろお家に帰りましょう！　夕飯は何にしましょうか？」

「わかった。それ以上は聞かないことにするよ。夕飯はそうだなぁ……豚バラ肉を買って蒸し煮でもしようか」

「いいですね！　お肉だけじゃなくてキャベツともやしも買いましょう！　それにしても豚肉料理をチョイスするとは……もしかして勇也君、やる気満々ですか？」

「ごめん、楓さん。言っている意味がまったくわからないんだけど？」

豚肉料理と俺のやる気がどう関係しているというのか？　そもそもやる気って何のやる気ですか？

「もう、惚《とぼ》けないでいいですよ？　豚肉は動物性タンパク質を多く含んでいるので精がつく食材なんです。それをこの話の流れの中で言うってことは……つまりそういうことですよね？」

ぽっと頬を赤らめて、両手を顔に当てながら照れた様子で身体をクネクネとさせる楓さん。その仕草は可愛いけど発言がピンク色すぎますよ。

「つまりそういうことではありません！　もしかして楓さん、今日の初体験で疲れて色々おかしくなっているでしょう？」

「初体験⁉　え、もしかして本当に今夜はその日が？　ついに勇也君の本気の狼《おおかみ》さんモードを見られるんですか⁉」

ピンポイントで単語を抜き取って妄想を膨らませる楓さん。きっと彼女の頭の中の俺達は身体を清め終えてベッドインしているんだろうな。そして顔をゆっくりと近づけてキスをして——って俺まで何を考えているんだ。

「少し落ち着け、ポンコツ美少女駄メイド」

頭を振って邪念を追い出し、口をだらしなく開けた蕩け顔をしている美少女に俺は容赦なく手刀をコツンと落とした。

「あ痛っ！　もう、何するんですか勇也君。あと少しでめくるめく桃源郷に行けそうだったのに……！　大人の階段を登りましょうよ！」

俺の腕に絡《から》みつきながら楓さんは潤んだ瞳の上目遣いで懇望してくる。しかもたわわな果実をむぎゅぅと押し付けてくるので緊張と興奮で口から心臓が飛び出そうになる。その耽美《たんび》な感触に負けて首を縦に振りたくなる俺は必死に堪《こら》えながら、

「まったく……そういうことは軽々しく口にしないの。ほら、そろそろ夢から醒《さ》める時間だよシンデレラ。あんまり調子に乗ると夕飯は抜きだからね？」

「はい、目が覚めました！　勇也君のお姫様になったのでばっちり覚醒しました！　早く帰って夕飯にしましょう！」

夢の世界から帰還した楓さんがグイグイと俺を引っ張って駅に向かって歩き出す。ころころと移り変わる空模様のように表情が千変万化する楓さんは一緒にいて本当に楽しい。

「私がシンデレラなら勇也君は王子様ですね！　数多《あまた》の中から私を見つけてくれた私だけの王子様……えへへ。ありがとうございます」

満開の桜のようないつまでも見ていたくなる美しい笑顔に俺の口元も自然と緩む。おもむろに手を伸ばしてお姫様の頭をポンポンと撫《な》でながら耳元でそっと囁く。

「俺を見つけてくれてありがとう、楓さん。大好き」

「はぅっ⁉　ゆゆゆ、勇也君⁉　いきなりそんな甘い声で言うのは反則ですよ⁉　一発レッドカードで退場ですよ⁉」

最後に頰に軽くキスをすると、一瞬で顔から首まで真っ赤にしてあたふたと動揺する楓さん。散々俺の煩悩《ぼんのう》を刺激したお返しだよ。

「ねぇ、ママ。あのお兄ちゃんとお姉ちゃんは何しているのぉ？」

「静かに。あなたにはまだ刺激が強いから見ちゃいけません」

遠目から俺達を見ている親子の漫画のような会話が聞こえてきて、自分がしたことの重大性に気が付いた。

「うぅ……人前で勇也君にほっぺにチューされちゃいました。嬉《うれ》しいけどすごく恥ずかしいです……」

案の定楓さんは唇を尖《とが》らせて拗《す》ねている。こうなったら機嫌を直してもらうのは大変だぞ。どうする、俺。

「お家に着いたらギュッて抱きしめて、いつもより濃厚なチューをしてくれたら許してあげます」

それはあまりにも要求値が高くないですかね⁉　濃厚なキスをしようと思ったことはあったけど、そういう時は決まってお風呂の中だったし、楓さんの艶《あで》やかな肢体に俺の脳がオーバーヒートを起こして結局一度も出来たことないんだよ⁉

「ダメですぅ！　聞く耳持ちません！　私をドキドキさせた勇也君がいけないだもん。濃厚なチューが出来ないって言うのなら……私が満足するまでたくさんキス、してくれますか？」

「っくぅ……わかった。わかりました。楓さんが満足するまでたくさんする。させていただきます」

切なげ声で懇願して来る楓さんに俺は思わず頷《うなず》いてしまった。だもん口調と上目遣いと泣きそうなお願いのトリプルパンチの方がよっぽど反則だろう。

「えへへ。期待していますね、勇也君。あ、その勢いで押し倒してくれても私は一向にかまいませんからね？」

「…………」

「ちょっと勇也君、無言でスルーは止《や》めてくださいよぉ！　あっ、置いていかないでください！　お茶目な冗談じゃないですかぁ！」

いつも以上にエンジン全開の楓さんから逃げるように俺は早足で歩きだす。これ以上通学路でもあるこの場所で楓さんと話していたらこの辺りにお住いの方々になんて噂《うわさ》されるかわかったもんじゃない。心を鬼にするんだ、吉住勇也！

「勇也君、謝りますからぁ！　調子に乗ったこと謝りますから手を繋《つな》いで歩きましょうよぉ！」

俺が心を鬼に出来たのは駅に着くまでだった。

幕間《まくあい》・一葉楓のバイト日誌

I'm gonna live with you not because my parents left me their debt but because I like you

私が【エリタージュ】でアルバイトを始めて五日目の朝。週末ということもあり、開店したけど静かな店内で私は素子《もとこ》さんと談笑していた。

仕事にも大分慣れてきましたが、勇也《ゆうや》君から〝慣れた頃が一番ミスをするから気を付けてね〟と言われたので油断せず、今日もお仕事に励みます！

「いやぁ、楓《かえで》ちゃんがアルバイトに来てくれてから売り上げが右肩上がりで大変よぉ。まさに幸運の女神様ね」

これは最近の素子さんの口癖です。そんなことはないですと否定したいところではありますが、昨日までの平日は開店から客足が途絶えないくらい忙しかったのは私も身をもって味わっているので繁盛《はんじょう》していたのは間違いないですね。

「楓ちゃんにメイド服を着てもらったのは大正解だったわね。さすが桜子《さくらこ》ちゃん。娘のことがよくわかっているわね」

「ちょっと待ってください、素子さん。母がなんて？　メイド服は素子さんの提案ではなかったのですか？」

「え？　違うわよ。桜子ちゃんから〝娘をアルバイトで雇ってほしい〟って連絡が来た時に色々話したのよ。制服はどうしたらいいかって相談したら〝メイド服一択だと思うわ〟って即答されて……知り合いに頼んで用立ててもらったのよ」

なるほど。すべてはお母さんが裏で糸を引いていたってことですね。でも勇也君のご褒《ほう》美《び》に何をしてあげたらいいかと尋ねたら〝童貞を殺すセーターを着たらいいと思うわ〟と言うくらいですから納得です。

「天使みたいに可愛《かわい》い楓ちゃんがメイド服を着たら鬼に金棒、勇者にエクスカリバーね。楓ちゃんにお会計されたくて時間がないのにわざわざテイクアウトで立ち寄るお客さんもいるくらいだし」

アルバイト初日こそ心配して見に来てくれた勇也君でしたが、彼自身もアルバイトをしている上に部活もあるので忙しくしているけど、お迎えには必ず来てくれています。

「勇也君も気が気じゃないのよ。私の目の黒いうちはそんなことさせるつもりは毛頭ないけど、万が一楓ちゃんがナンパされたらどうしようとか、退勤後を狙って出待ちされていたらどうしようとか、いろいろ考えて夜も眠れないんじゃないかしら」

そう言って素子さんはウフフと冗談めかして笑うが実はその通りです。勇也君は口にこそ出しませんが、迎えに来てくれた勇也君と駅まで手を繋いで一緒に歩いている時、捕食者がいないか警戒するかのように周囲に視線を配っていますから。

「普通そんなに心配ならアルバイト自体反対すればいいだけなのに、勇也君はむしろ背中を押してくれたんでしょう？　今の自分の気持ちより、楓ちゃんの未来を一番に考えている証拠じゃない」

本当に素敵な男の子よね、と素子さんは言った。大好きな男の子のことを素子さんのような人生経験豊富な人に褒めてもらえるのはとても嬉しいです。さすが私の勇也君です！

これは今日帰ったら報告しなければ。

「それで楓ちゃん。そろそろ夏休みは終わるけどやりたいことは見つかりそうかな？」

「うっ……それはまだ何とも……ごめんなさい」

このアルバイトの本当の目的は私のやりたいことを探すため、今まで知らなかった社会の仕組みに触れるところにある。お母さんも勇也君も【エリタージュ】でのアルバイトで答えは見つからなくてもいいと言ってくれるけど、どうしてもあの子と——二階堂《にかいどう》さんと比べて焦《あせ》ってしまうのです。

私のようなふわふわとした夢と違って二階堂さんには明確な夢がある。それを叶《かな》えるための努力をしていることは彼女の成績を見ればわかる。

勇也君は二階堂さんの告白をきっぱりと断ったと言っていましたが、まだ好きな気持ちは消えていないはず。だって二階堂さんの勇也君を見ている時の顔はとても幸せそうだから。

だからこのままじっとしてはいられない。勇也君の隣に立って支えていくために私にできること、そしてやりたいことを見つけて変わらないと。そうじゃないといつか二階堂さんに勇也君を――

「謝ることないわよ。自分探しは長い旅のようなものよ。高校生の内から答えを見つけなくても大丈夫。それに、勇也君が楓ちゃん以外の女の子に流れるようなことは絶対に起きないから安心すること。そこを疑うのは彼に失礼よ」

「……はい」

私がしょんぼりと肩を落としたタイミングで、カランコロンとお客さんがやって来たことを知らせる鈴が鳴った。その瞬間、私の中で仕事モードのスイッチが入る。早足で入口へ移動して笑顔で出迎える。

「いらっしゃいませ。一名様ですか？」

「はい、そうです。できれば窓際《まどぎわ》の席がいいのだけれど……空いていますか？」

お客様はとても美しい女性でした。絹糸のようにきめ細かな亜麻色の髪。清純で穢《けが》れのない紫水晶のような瞳は優しさと厳しさを同時に内包しているように見えた。すうと通った鼻筋と端麗な顔立ちはまるで芸術品みたいです。

「は、はい！　こちらへどうぞ。ご案内いたします」

「フフッ。ありがとう」

柔和な微笑《ほほえ》みもとても綺麗《きれい》です。これが大人の魅力なのかと感動しつつも、私は努めて冷静に女性を窓際の席へと案内した。席に座るや否《いな》や女性はメニュー表を開くとさっと目を通して、

「アイス黒蜜カフェ・オーレを頂けますか？　黒蜜多めで」

「アイス黒蜜カフェ・オーレの黒蜜多めですね。畏《かしこ》まりました。ご用意いたしますので少々お待ちください」

復唱、一礼してから席を離れる。女性の方をチラッと見ると笑顔で小さく手を振ってくれていました。

「オーダー入りました。アイスの黒蜜カフェ・オーレ、黒蜜多めです」

カウンターの奥にいるマスターに伝えると、すぐに了解とだけ返事が来た。完成を待ちながら窓際に目を向けると、ちょうど女性のスマホに着信が入ったところだった。出よう

か迷っているので素子さんが大丈夫ですよと目配せすると、申し訳なさそうに頭を下げてから電話に出ると、

「How can I help you?（要件は何かしら？）」

流暢《りゅうちょう》な英語で話し始めた。小学生の頃に英会話を習っていたこともあるけれど、女性の発音はとても綺麗で聴き取りやすい。

内容は海外展開する予定のホテルで使用するアメニティーの商談のようです。予算、ブランドの選定、納入時期等々、とても喫茶店でするような会話ではないので興味はあるけど私は必死に聞こえないフリをする。

「アイス黒蜜カフェ・オーレの黒蜜多め、出来たよ」

マスターからグラスを受け取り、トレイに載せて持っていく準備は出来たが女性はまだ電話で話している。こういう場合電話の邪魔にならないように静かに置きに行くのだが、空いている時はとりあえず様子見するようにと言われている。それでもあまりにも長引くようなら行くのだが、

「Please do it that way. I'll let you know the details later.（それではそのように。詳細は後程）」

この短時間で商談をまとめた女性は一息つきながらスマホを置いた。この機を逃すまい

と私は早足で彼女の下へと向かい、コースターを敷いてからその上にグラスを置いた。

「お待たせいたしました。アイスの黒蜜カフェ・オーレ、黒蜜多めです」

「ありがとう。それとごめんなさい。突然電話をしてしまって。マナー違反なのはわかっていたけど仕事先からだったからどうしても出ないといけなくてね」

苦笑いを浮かべながら申し訳なさそうに女性は謝った。お客様は神様ですという大義名分の下、横柄《おうへい》な態度を取る人もいるから気を付けてねと勇也君は話していたがこの人はその真逆です。

「それにしても店員さん、そのメイド服とっても似合っていますね。このままお持ち帰りしちゃいたいくらい可愛くて素敵よ」

「えっと……ありがとうございます。でもごめんなさい」

こういう台詞《せりふ》を平然と口にするのは二階堂さんだけだと思っていたので驚きです。でも私をお持ち帰りしていいのは勇也君だけなので丁重にお断りします。

「あら、残念。フラれちゃったわね」

そう言って女性はグラスの中身をしっかりかき混ぜてからストローに口を付けた。桜色のぷっくらとした唇がなんとも言えない色香を放っていて何故《なぜ》か見ているだけでドキドキする。これが大人の女性なんですね。

「うん、とても美味《おい》しいわ。日本に戻って来たら通っちゃおうかしら」

「？　日本に戻って来たらってどういう――あっ、失礼しました」

思わず疑問に思ったことを口にしてしまい、私はあわてて謝るが女性は気にしないでと言ってから事情を教えてくれた。

「私ね、実はアメリカの大学に通っていて5月に卒業したばかりなの。就職は実家が経営している会社にするの。でも最近海外進出をしたせいで現地通訳兼パイプ役を任されちゃってね。本当ならもっと早く帰って来られるはずだったからしょんぼりよ」

「でもすごいですね。大学卒業したばかりなのにすでに仕事を任せられるなんて。先ほどの商談もすべて英語でされていてカッコよかったです！」

「まぁ私がアメリカの大学に行くことを選んだのは会社のためでもあったからね。正式に入社前から仕事を任せられるとは思わなかったけど」

「会社のため……ですか？」

「そうよ。先祖代々受け継がれ、守り、育ててきた会社だもの。私の代で潰すわけにはいかないでしょう？　むしろ世界に名を轟《とどろ》かせるくらいに大きくするつもりよ」

そう言って不敵に笑う女性からは自信が満《み》ち溢《あふ》れていた。

私にもお祖父《じい》ちゃんからお父さんが受け継ぎ、百年以上に亘《わた》り代々守ってきた会社がある。数多くの従業員達のため、そして世界の発展に寄与するために私も受け継がないといけないのに、その重く大事な役目を勇也君に背負わせてしまった。

でもそれではダメだ。一葉《ひとつば》家に生まれた人間として、勇也君と一緒にこの重責に立ち向かわないといけない。

「柄にもなく熱く語っちゃった。久しぶりに日本に帰ってきたからテンション上がっているのかも。それにしてもさっきの電話、何を話しているのかわかったの？」

「あっ、すいません。盗み聞きするつもりはなかったんですが英語で話をされているので興味があって……」

「フフッ。別に怒っているわけじゃないのよ。むしろ感心したの。私が高校生の頃は英語の勉強は出来ても会話はからっきしだったから。向こうに行った時は苦労したわ」

「昔取った杵柄《きねづか》です。母の知り合いに英国の方がいるんですが、その人が英語でお仕事をしている姿がとてもカッコよくて、母にお願いして英会話スクールに通わせてもらったんです」

でもそれも〝一葉さんが身に着けた英語力なら海外で生活出来ますよ〟と先生から言われて小学校卒業とともにやめてしまいました。思い返せば色々習い事をさせてもらったなあ。

「ただ習い事に通っていたわけじゃなく、ちゃんと糧《かて》になっているから辞めたとしても問題ないわ。きっとあなたは乾いたスポンジね。色んなことに興味を持って学び、それをあっという間に吸収して自分のモノにしてしまう。一を聞いて十を知るっていう天才の類ね」

「私は別に世に言う天才と呼ばれるような人間ではないですよ。毎日必死で頑張っているだけです」

「ハァ……あなた本当に高校二年生？　将来一緒に働けないのが残念でならないわ」

大袈裟《おおげさ》なため息をつきながら女性は肩を落とした。もし私が〝一葉〟ではなかったらこの申し出を喜んで受けていたと思います。それが出来ないのはとても残念です。

「もう少しゆっくり話をしたいところだけどごめんなさい。また電話がかかってきちゃった」

「こちらこそ、ありがとうございます。それでは私はこれで。改めて、ごゆっくりどうぞ」

深々と一礼してから女性の下から離れる。私が背を向けて歩き出したのを確認してから女性は電話に出ると今度は中国語で会話を始めた。英語を実用レベルまで習得するのも大変なのに中国語も同レベルで扱うなんて信じられません。

5月に大学を卒業したって言っていたので歳《とし》は私と五つしか差はないはず。私の五年後はあの人の様になれているだろうか。

お母さんや勇也君の言っていた通りです。【エリタージュ】でアルバイトをしたことで思わぬ出会いがありました。そしてまだぼんやりとしていてはっきりとは見えませんが、私のやりたいことがわかってきた気がします。

「今度お母さんに相談してみようかな」

あれ、でもどうしてあの人は私が高校二年生だということを知っていたのでしょうか。私とは初対面のはずなのに。

「楓ちゃん。いい出会いがあって明るい兆《きざ》しが見えてきたのは何よりだけど目の前の仕事も頑張ってくれたらおばさん嬉《うれ》しいなぁ」

私が首を捻《ひね》っていると、素子さんが苦笑交じりに声をかけてきた。慌てて店内を見渡すと、つい先ほどまではお姉さん一人しかいなかったはずなのにお客さんで溢れかえっているじゃないですか！　これはボケっとしている暇はありません！

「休日でも楓ちゃんが働いているって聞きつけてお客さんがたくさん来ちゃったのよ。だから悪いけど今日も全力全開でお願いね？」

「はい！　任せてください、素子さん！」

今日も一日頑張るので帰ったらたくさん甘えさせてくださいね、勇也君。

「あっ、名前……聞きそびれてしまいました」

これは痛恨の失態です。

＊＊＊＊

「へぇ……日本の大学じゃなくてアメリカの大学に入学したのか。それはすごいね」

アルバイトから帰宅して夕食を食べて一息ついてから、私は今日出会った亜麻色の髪の女性のことを勇也君に話した。

結局あれ以降店が忙しくなって名前を聞くタイミングがなかったのがとても悔やまれます。もしまたお店に来てくれたらその時は絶対に名前と連絡先を聞かないと！

「とても綺麗な美人なお姉さんで、しかも英語以外にも色々な国の言語で電話をしていました。五歳しか違わないのに凄《すご》すぎます」

「マルチリンガルってやつか。この先のことを考えたら英語は喋《しゃべ》れた方がいいよね。俺に出来るかな……」

　勇也君は苦笑いしながらコーヒーに口を付ける。ちなみに淹《い》れたのは私です。マスターから使わなくなった古い機材を譲っていただき、淹れ方も教わったので練習しているんです。

「話せることに越したことはないと思います。お父さんも日常会話程度なら話せると思いますが、大事な会議の時は通訳さんを必ず連れていますから」

「そうだとしても俺は日常会話すら出来ないからなぁ。勉強することが山ほどあってパンクしそうだよ」

「私が言うのもあれですが、あまり考えすぎないでください。勇也君が出来ないことはその分私がカバーしますから、二人で頑張っていきましょう」

　それが一緒に生きていくということです。勇也君にばかり〝一葉〟を背負わせるわけにはいきません。私も勇也君と一緒にこの名前を背負います。

「……楓さん？」

「今日の出会いで光が見えた気がするんです。私のやりたいこと、進むべき道が。だからもう少しだけ待っていてくれますか？」

「うん、もちろんだよ。いくらでも待つから焦《あせ》らないでね」

そう言って微笑《ほほえ》みながら勇也君は私の頭を優しく撫《な》でてくれた。えへへ。勇也君にナデナデされるととっても幸せな気持ちになれます。この後にギュッってしてチューをしてくれたら完璧なんですが勇也君は紳士さんだからなぁ。

「それじゃ楓さん。一緒にお風呂《ふろ》に入ろうか。背中、流してあげるよ」

「……え？　勇也君、今なんて？」

予想外の提案に私の思考が一瞬ストップしました。あの紳士で鶏《チキン》さんな勇也君から混浴のお誘い？　そんなバカな。きっと私の願望が生み出した幻聴ですね。

「一緒にお風呂に入ろうって言ったんだけど？　湯船で一日頑張った楓さんのことを抱きしめてあげたいなぁって思ったんだけど……嫌ならやめr――――」

「嫌じゃないです！　むしろ最高のご褒美《ほうび》です！　ありがとうございます！　私は一言も嫌だなんて言っていないのに勇也君は早とちりが過ぎますよ！」

「それじゃ俺はお風呂の準備をしてくるから、楓さんは水着に着替えて待っててくれるかな？」

「ええ⁉　そこは裸のお付き合いじゃないんですか⁉　私としてはいつでもウェルカムですよ？」

「……楓さんが望むなら水着なしでもいいけど……本当にいいの？」

「？　ど、どうしたんですか、勇也君？」

浴室に向かうはずだった勇也君が回れ右して私の方にゆっくりと近づいてくる。表情は真剣で妙な色香が漂っていて心臓の鼓動が速くなる。

「いつも楓さんは〝ウェルカムです〟って言うけど、俺がどれだけ我慢しているかわかる？」

「えっと……それは……」

声音にも艶が混じり、瞳は心なしか濡《ぬ》れている。今の勇也君、ものすごく色っぽいので思わず心の中でキャァと黄色い悲鳴を上げていたら、不意に顎をクイっと持ち上げられました。

「楓さんのこと……抱いてもいいの？」

「――――!!??　ゆゆゆ勇也君!?　いきなり何を言い出すんですか!?」

「ウェルカムなんだよね？　ならこのままベッドに連れて行って、思いきり抱きしめていい？　愛し合おうか」

勇也君が顎クイしながらとんでもない発言しています！　これは完全に狼《おおかみ》さんモードに突入していますね。顔から火が出るくらい恥ずかしいし心臓が破けてしまいそうなくらいドクンドクンと脈打っています。

身体《からだ》は硬直し、頭もまともに回転しない。このまま勇也君に食べられてしまうのかと期待と不安で興奮していると、勇也君はフフッといつものように優しい笑みを浮かべながらぽすっと私の頭に手刀を落とした。

「まったく。本当は怖いのに俺のことを誘惑するのは楓さんの悪い癖だよ。俺がちょっと迫ったら借りてきた猫みたいに大人しくなるんだから。まぁそういうところもギャップがあって可愛《かわい》いんだけどね」

言いながら私のことを抱きしめてヨシヨシと頭を撫でてくる勇也君。私の今の心境は安心半分残念半分です。ドキドキを返してください。

「今日は頑張った楓さんを褒める日だから、大人しく癒《いや》されてください。俺をドキドキさせるのはまた今度。いいね？」

「うぅ……わかりました。今日は勇也君に甘えるって決めていたのでそうさせていただきます。それにしても今日の勇也君はとても大人の色気があってドキドキが止まりません」

「その責任はきっちり取るから安心してね」

おでこに口づけをしてから私から離れると、勇也君はお風呂の準備に向かった。もう、どうやって責任を取るつもりですか勇也君⁉　あとおでこにチューとかカッコよすぎますよ！

その後。お風呂で私は勇也君に至って健全な特別マッサージをしてもらって一日の疲れを癒してもらった。ベッドでも腰やお尻をもみほぐしてもらい、この日の夜はぐっすりと眠ることが出来ました。

閑話　●　ある社長令嬢の独り言

I'm gonna live with you not because my parents left me their debt but because I like you

「あの子が一葉楓《ひとつばかえで》ちゃんか……とっても可愛い子だったなぁ。綺麗《きれい》な黒髪に素敵な笑顔。勇也《ゆうや》はあぁいう子がタイプなのね」

晩夏の夜。私——千空寺貴音《せんくうじたかね》——は久しぶりに湯船に浸《つ》かりながら、老舗の喫茶店には似合わない場違いなメイド服を着た店員の女の子のことを思い出していた。

アメリカで過ごした大学の四年間は湯船に浸かる機会はあまりなかったが、こうしてお風呂に入ると身体の奥に溜《た》まっている疲れが抜けていくのがわかる。それに加えてホテルの従業員がサービスで浮かべてくれた大量のバラの甘い香りに心も癒される。

「働き出して一週間も経《た》っていないって話だったけど、全然そんな風には見えなかったな……」

昼過ぎに入店してから私は彼女のことを数時間観察していたが、混雑した店内で会計を除くお客さんの対応を彼女がほぼ一人でこなし、しかもミスなく完璧に捌《さば》いていた。

客は待たされるとストレスを感じるが、彼女は視野を広く持って全体をしっかりと見渡しているので呼ばれたらすぐに動ける。だから不快な思いをさせないし、仮に少しイラっとしていても持ち前の明るい笑顔を向けられたら男女を問わず怒りは霧散するだろう。従業員としてこれほどありがたい存在はいない。

「でもあなたが勇也に相応《ふさわ》しいかは別の話。これからじっくりとあなたのことを見させてもらうからね――ってこんな時間に電話？　げぇ、お父さんからだ」

『もしもし、貴音ちゃん？　パパだけど、今何をしているのかな？』

ひげを生やした中年男性の娘に対する一人称が猫なで声で〝パパ〟なのははっきり言って寒気がする。あといつまで私のことをちゃん付けて呼ぶのだろうか。そろそろ恥ずかしいからやめてほしい。

「今お風呂に入っているからかけなおしてほしいんだけど……」

『ちょっと待って貴音ちゃん。今お風呂に入っている？　パパも一緒に――』

「うるさい、黙れ」

『うぅ……相変わらず辛辣』

お父さんと一緒にお風呂に入っていたのはもう十数年以上前のことだし、年頃の娘にそんなことを言うのはどうかしている。なんてことを滔々《とうとう》と言ってやりたい気持ちをグッと

堪《こら》える。

「そうそう、今日一葉電機の社長令嬢に会ってきた。仕事も出来るし可愛いしおっぱいも大きい。悔しいけどお父さんの言っていた通り、勇也がべた惚《ほ》れするのも無理ないかも」

『まぁ男って生き物はおっぱいには勝てないからなぁ……って今はそんな話をしている場合じゃないんだよ。ねぇ、貴音ちゃん。この前話したことなんだけど――』

「またその話？　いい加減諦めてよ。お断りしてって何度も言ったよね？　今更許嫁《いいなずけ》がいるとか言われても困るよ、お父さん」

言われる前に私が断固拒否の態度を示すと、電話口でお父さんがため息をついた。もう十数年も前に親同士が酒の席で勝手に決めたことに子供を巻き込まないでほしい。そもそも許嫁がいるという話を聞いたのだって大学卒業間近になってから。どうしてそんな話になったのか。

『パパも申し訳ないと思っているよ？　でも先方の息子さんが貴音ちゃんのことをすごく可愛いって気に入っているみたいなんだよ』

「今まで何もなかったのに今になって言ってくるってことは、どうせＳＮＳか会社のＨＰで私を見つけて声をかけてきたってところでしょ？　そんな人と結婚どころか会う気すら起きないわ。だからお父さんからもキッパリと断って。もし出来ないって言うなら

『出来ないって言ったら……パパはどうなっちゃうのかな？』

判決を言い渡されるのを待つ被告人のようにゴクリと生唾を飲み込みながら私の言葉を待つお父さん。それでは判決を言い渡します。

「今すぐアメリカに戻って向こうで仕事する。日本には帰らないからそのつもりで」

『ちょ、そんなぁ⁉　貴音ちゃんがアメリカの大学に進学してから一年に一回しか会えなかったのにそんなこと言うの⁉　それはあんまりだと思うなぁ！』

「それが嫌だったらキッパリ断って。それじゃ私忙しいから電話切るね」

そんな殺生《せっしょう》な！　と叫ぶお父さんを無視して私は容赦なく通話を終わらせた。お父さんが千空寺リゾートの社長に就任してから業績は右肩上がり。今では千空寺の名は海を渡り、世界中の人々に親しまれるまでに至った。そんな社長としてのお父さんを私は心から尊敬している。

「家でも同じくらいしっかりしてくれたら文句はないんだけど、そこまで求めるのは酷というか、申し訳ないというか……」

私は深いため息をつきながらプカプカと浮かぶバラを一輪手に取った。私も花のように自由に咲いて自由に散れたらいいのにな。

――」

第4話 ● 二学期の始まり

I'm gonna live with you not because my parents left me their debt but because I like you

色んなことが雪崩のように起きた夏休みが明けて今日から二学期が始まる。楓《かえで》さんの一週間限定のアルバイトが忙しかった以外に問題は起きず、無事に終わった。

「うぅ……今日から二学期が始まってしまいます。勇也《ゆうや》君との自堕落な日々が終わりを告げてしまいました……」

「それは自堕落な生活を送っている人が言う台詞《せりふ》だからね、楓さん。俺達は夏休みだろうと毎日それなりの時間に起きて、夜更《よふ》かしもあまりしなかったよね？」

「夜更かししたのは秋穂《あきほ》ちゃんや結《ゆい》ちゃん達と女子会をした時くらいですね。勇也君も参加すればよかったのに……」

残念そうに言いながら口を尖《とが》らす楓さん。女子会に俺が参加したらダメだと思うんだけどね。

ちなみにこの女子会は結ちゃんの家で行われ、参加メンバーはいつも一緒にいる四人。

そこで何をしたのかは聞いていないが、楓さんからただ一言、とても楽しかったですと報告を受けている。

「それより楓さん。そろそろ準備しないと間に合わなくなるよ？　二学期初日から遅刻は勘弁してね？」

時刻は現在朝7時。朝食はすでに食べ終えているとはいえ楓さんは未《いま》だパジャマ姿。寝癖も少しあるので余裕はないはずなのに、楓さんはほんわかとした顔で俺をじっと見つめている。

「どうしたの、楓さん？　俺の顔に何か付いてる？」

「いいえ、何も付いていませんよ。ただ今日も勇也君はかっこいいなって思って見ているだけです。えへへ」

「……ありがとう。楓さんも可愛いよ」

「えへへ。勇也君から可愛いって言ってもらえたので一日頑張れます。急いで着替えてくるので洗い物をお願いしてもいいですか？」

もちろん、と俺が答えると楓さんは小走りで寝室へと向かった。初日からバタバタしていて大丈夫だろうかと一抹の不安を抱きながら、俺は食器を水に浸けていく。

「でも楓さんに元気が戻って何よりだな。いい出会いもあったみたいだし、アルバイトをしたのは正解だったな。続けてくれって頼まれたのは予想外だったけど」

洗い物をしながら俺は思わず苦笑いを零《こぼ》し、楓さんのアルバイト最終日のことを思い出した。

回想始め

「今日までありがとう、楓ちゃん。少ないけれどアルバイト代、ここに入れたから勇也君とのデート代に使ってね」

そう言って素子《もとこ》さんは楓さんに茶封筒を手渡した。これは楓さんが人生で初めて自分の力で稼いだお金。七日間働いた対価がぎっしりと詰まったそれを、楓さんは震える手で受け取ると愛《いと》おしそうに胸に抱いた。

「楓ちゃんさえよければこのままうちで働かない？　明和台《めいわだい》高校はアルバイト禁止じゃないんだし、何か言われても私から言ってあげるから」

どうかしら？　と素子さんは尋ねてきた。

素子さん曰《いわ》く、楓さんが働いていた期間はお客さんの数と売り上げが信じられないくらい増えたそうだ。日本一可愛《かわい》い女子高生がメイド服を着て接客しているのだから当然と言えば当然だ。

それに今はSNS全盛の時代。可愛い店員さんがいたとお店の名前とともに流せば一瞬で広まる。それで興味を持った人がお店にやって来てお金を落とす。お客さんは楓さんのメイド服姿と笑顔を見ることが出来て嬉《うれ》しい。素子さん達は儲《もう》かってウハウハ。楓さんは多くの人と触れ合うことで経験を積める。これぞまさに三方良しだ。

「とても嬉しいお話ですが……ごめんなさい、素子さん。お仕事はとても楽しいですし、お客さんも良い人達ばかりなので働きたいのですが勇也君と一緒にいる時間を大切にしたいんです。だから、ごめんなさい」

俺の手をギュッと握りながら、楓さんは深々と頭を下げた。そんな彼女を見て素子さんは怒るでもなく残念がるでもなく、笑みを浮かべて尋ねた。

「将来の夢は見つかりそうかな?」

「……はい！　やりたいこと、見つかりそうです！　素子さん、本当にありがとうございました」

そう話す楓さんの表情は働く前とはまるで別人のような、とても晴れやかなものだった。

それまではあった子供のような雰囲気がなくなり、顔立ちに精悍《せいかん》さと凜々《りり》しさが宿っている。

「その顔が出来るならもう大丈夫ね。勇也君、楓ちゃんのことをしっかり支えてあげるのよ？」

「もちろんです。お互いに支え合って、これからも頑張っていきます」

「フフッ。本当に二人は夫婦みたいね。何かあったらいつでも連絡ちょうだいね。陰ながら応援しているわよ」

「ありがとうございます、素子さん！　あ、最後に一つだけいいですか。あのメイド服のことなんですが――」

回想終わり

「あのメイド服は結局どうなったんだろう。帰り際《ぎわ》に素子さんと一体何を話していたんだろうか……」

洗い終えたお皿を水切り籠に丁寧に並べながら俺は独《ひと》り言《ご》ちた。初日に散々俺の煩悩《ぼんのう》を刺激するような発言をしてきた楓さんのことだから、てっきり貰《もら》った給料で買い取って持ち帰って来るものとばかり思っていた。いつでも見られると期待していた自分がほんの少し、ちょっぴり、わずかに、いたので残念ではある。

「ねぇ、勇也君。ちょっと見てほしいものがあるんですけど……いいですか？」

悲しみのため息をついていると、リビングに戻ってきた楓さんが甘えた声で尋ねてきたので何の気になしに振り返る。

「もちろんいいけどどうしたの――ってその格好は何⁉」

そこに立っていたのは鮮やかな桜色の下着姿の楓さんだった。季節外れの秋桜《コスモス》を拝むことが出来るのは幸せではあるがどうして今なのか。

着替えてきますと言っていたはずなのに、ブラウスは羽織っているだけでボタンは一つも留めていないし、スカートも当然のように穿《は》いていないし手に持ってすらいない。

「……これは一体どういうことか説明してくれるかな、楓さん」

「えへへ。どうですか、この下着？　とっても可愛くないですか？」

まるで俺に見せつけるようにたわわな果実を寄せて前かがみになる楓さん。健康的で艶のある肌にすらりと伸びた肢体。腰回りは無駄のない肉付きでくびれており、安産型なお尻とのバランスも完璧。まさに絵画に描かれる美の女神そのものと言える。

「最近胸元がきつくなってきたので秋穂ちゃんと買い物に行って新調したんです！」

そう言えば以前にも同じことを言って結ちゃんを泣かせていたよな。何度も一緒にお風《ふ》呂《ろ》に入っているからなんとなく俺も気付いてはいたが、スタイルは変わっていないのに二つの果実だけが大きくなっているのは凄《すご》いと思う。結ちゃんに秘訣《ひけつ》を教えてあげたらいいのでは？

「いくら結ちゃんでも秘訣は教えられません！　だってこれは勇也君が毎日愛情をこめて揉《も》んでくれたおかげなんですから……てへっ」

「記憶を捏造《ねつぞう》しないでもらえますかね⁉　俺は一度も楓さんの……お、おっp……じゃなくて胸を現実で揉んだことはないからね⁉」

頬を朱に染めながらてへっ、って可愛く舌を出して笑っても誤魔化されないんだからね！　もしかして大槻《おおつき》さんに聞かれたときに同じように答えていないよね？　もしそうだったら俺は今日からどんな顔をして学校に行けばいいんだ。

「ねぇ、勇也君。今〝現実では〟って言いましたよね？　それってつまり、夢の中では私のおっぱいを揉んだり舐《な》めたり吸ったりしたことがあるってことですか？」

瞳を妖しく輝かせ、ペロリと舌なめずりをしながらずいっと大股で距離を詰めてくる楓さん。表情に艶が混じり、惜しげもなくさらけ出している素肌に赤が灯《とも》る。肉食獣モードに超変身している証拠だ。

「さっきのは言葉の綾《あや》だからね？　だから少し落ち着いてくれませんかね？」

「あれれぇ……おかしいですね？　そこ以外は否定しないんですか？　言葉の綾だとして

も私のおっぱいにしたことは否定しないんですか？」

どこかの小学生探偵の名台詞《ぜりふ》を言いながら楓さんはさらに俺に近づいてくる。心なしか鼻息は荒くなっているしうっすらと滲《にじ》んだ汗が鎖骨を通って谷間へ流れる。否応《いやおう》なしに俺の体温も上昇していく。

「も、もちろんそんなことはするはずないだろう⁉　俺はそんな欲求不満なわけじゃないし……」

そもそも揉むのはわかるし、一度でいいからやってみたい気持ちがないわけではないが、舐めたり吸ったりってどういうことだよ。それは最早《もはや》胸というより別の——って何を考えているんだ俺は。

「本当にそうですか？　勇也君が望むならいつでも私はウェルカムですよ？　私のこと、勇也君の好きにしてくれていいんですよ？」

すぅと俺の首に腕を回し、耳元で熱く甘い声で囁《ささや》いてくる。胸板に押し付けられた双丘としっとりと汗ばんだ肌の感触に脳が今にも蕩《とろ》けそうだ。早朝、登校前の制服に着替え途中の半裸の美少女からのお誘いという非現実的な状況も重なり、俺の中の理性がゴリゴリと削られていく。

「私はとっても寂しいんですよ、勇也君。一緒にお風呂や温泉に入ったり、一緒のお布団《ふとん》で毎晩寝ているというのに、勇也君はいつも紳士さんで私のことを優しくギュッて抱きしめてチューをしてお仕舞い。私ってそんなに魅力がないですか？」

「そ、そんなことは……楓さんはすごく魅力的だよ……」

楓さんが俺の耳たぶを甘く噛《か》み、舌を這《は》わせながら艶美な声で尋ねてくるので思わず身体《からだ》をくねらせる。くすぐったさと快感に歯を食いしばって必死に抗《あらが》う俺をあざ笑い、さらに挑発するように、楓さんは指をつぅと頬へ這わせるとゆっくりと下へ下へと降ろしていく。

白魚のように細くてしなやかな指が首筋、胸元を経由しておへそへ到達した瞬間、俺は思わず生唾を飲む。

「それ以上は……ダメだよ。もうやめてくれ、楓さん」

「ダメですよ、勇也君。間違っています。その言い方ではやめてあげません。人にお願いするときはもっと丁寧に、ですよ？」

火傷《やけど》しそうなくらい熱い吐息を吹きかけながら、ちゃんと出来なかったお仕置きですと言ってさらに指を下降させる。わずかに残る理性を守るため、俺はプライドをゴミ箱に放り捨てて堕《お》ちた女神に懇願した。

「楓さん……お願い、します。これ以上はもう、やめてください」

我ながら何とも情けない声だと思うけれど、言わないと取り返しのつかないことになるのは明白だ。なぜなら俺のお願いを聞いた楓さんの顔が見たことないくらい歓喜と興奮に震えているからだ。

「あぁ……今の勇也君、すごく可愛いですよ。潤んだ瞳に切なげな声。羞恥と興奮で歪《ゆが》んだ表情。私しか知らない勇也君をもっと見せて……」

濡《ぬ》れた声で言いながら、楓さんの指が俺の下腹部に到達する――――その直前に我に返った俺は彼女の頭に慌てて手刀を落とした。悪魔がしきりに頭の中で〝そのまま身を委ねたら最高の快楽を味わえるぞ〟と囁くものだから振り切るのが大変だった。

「うぅ……いつもより勇也君のチョップが痛いです。頭パッカーンってなるかと思いました。もう少し優しくしてください。泣いてしまいますよ？」

「ごめんね。でも暴走する楓さんも悪いんだよ？　夜ならまだしも今は朝だよ？　これから学校に行くっていうのに何を……して……はぁっ!?」

リビングの時計を見ると時間はまもなく7時半になろうとしていた。今から家を出たとして始業前に学校に着くにはギリギリ間に合うかどうか。イチャイチャしている場合じゃないのに楓さんは半裸のまま再び俺にギュッと抱き着いている。

「楓さん。学校から帰って来たらこの続きでたくさん抱きしめてあげるから、今は準備を再開してくれるかな？」

「……勇也君、今確かに言いましたね？　帰って来たらこの続きをしてくれると言いましたね？　言質《げんち》は取りましたよ？」

「続きっていうのはギュッてすることだからね？　断じてその前の続きじゃないからね⁉」

「聴く耳持ちません！　それにしても……えへへ。毎日一緒にいるのにまた新しい勇也君を知ることが出来て私は嬉しいです！」

言いながらクルクルとダンスを踊るように華麗に舞いながら楓さんは寝室へと歩を進める。リビングを出る直前に俺の方を向くと、ニヤリと笑いながらこう言った。

「勇也君の悶《もだ》えた顔、今夜たくさん見せてくださいね？」

「……早く着替えてきなさい！　あともう金輪際見せるつもりはないからそのつもりでね！」

「フフッ。強情な勇也君が我慢出来ずにおねだりする姿、想像しただけでぞくぞくします！　帰って来てからが楽しみです！」

俺の断固とした抗議に耳を傾けることなく、楓さんは蕩け顔で寝室へ着替えに行った。

やれやれと肩をすくめながら俺は深いため息をつく。

朝からなんてことをしているんだと頭を抱えたくなる一方で、妖艶《ようえん》な楓さんに迫られて味わったことのない衝撃の快感に脳が震えている。今回は学校に行かないといけないという大義名分のおかげで窮地を脱することが出来たが、それがない二人きりの夜だとどうなってしまうのか想像もつかない。

「……今夜は伸二《しんじ》の家に泊まらせてもらうか」

三十六計逃げるに如《し》かず。楓さんの暴走に勇猛果敢に立ち向かうのではなく時として勇気ある撤退を選択するのも必要なこと。決して、断じて、俺が鶏《チキン》だから楓さんを抱きしめることが出来ないわけではない。

＊＊＊＊＊

新学期初日の登校に最適な秋晴れだというのに俺と楓さんは学校に着く前から疲れていた。

それもこれも楓さんが朝から過激な色仕掛《いろじか》けで迫ってくるから家から駅まで猛ダッシュ

をする羽目になったためだ。だというのにいつものように腕を絡《から》めて隣を歩くこの美少女ときたら、

「いつも通り歩いても遅刻しないって何度も言ったじゃないですか。それなのに勇也君が走るから汗びっしょりです」

口を尖《とが》らせて不満ですとアピールをしてくるから困ったものだ。時間的に家から駅まで走るか、駅から学校まで走るかの些細《ささい》な違いでしかない上に、学校まで走って汗をかいた状態で教室に入ったら間違いなく男子がざわめき立つ。それは何としてでも避けなければ。

「私が汗をかいたら何か起きるんですか？」

「それはもう……大変なことだよ。なにせ日本一可愛《かわい》い女子高生の透けブラが見えるんだからね。これが事件じゃなかったら何だって言うんだ」

猛暑日であろうと男子が夏を喜ぶ理由は水泳の授業で女子の水着姿を拝めることや服装が薄手になることなど様々あるが、特に思春期男子高校生のテンションが上がるのが汗ばんだブラウスから透けて見える下着だろう。同級生で野球部の茂木《もぎ》やサッカー部キャプテンの杉谷《すぎや》先輩はその筆頭で、この話題で部活と先輩後輩の垣根を越えて友情が生まれたとか。

「家を出た時間ならまだ涼しいからそこまで汗はかかずに済むし、冷房の効いた電車に乗

っていれば汗はひくからね。でも学校まで走っちゃうときっと……だから無理して走ったってわけです」

以上、説明終わりです。楓さんのブラウス越しとはいえ他の男子には見せたくない俺の可愛いわがままだと思って許してください。

「フフッ。時々顔を覗《のぞ》かせる勇也君の独占的な姿、すごく好きです。私も勇也君以外の男性に下着は見られたくないので、色々考えてくれて嬉《うれ》しいです」

わずかに頬を赤くしながらえへへと笑い、密着度を高めてくる楓さん。爽やかなバーベナの香りで気分が安らぐはずがマシュマロの感触のおかげで心拍数がぐんぐんと上昇する。

「気遣ってくれてありがとうございます、勇也君。でも安心してください。こういう時の為《ため》にカバンの中には薄手のカーディガンを入れてありますから。教室ではこれを着ておくので透けても大丈夫です」

「……なるほど。その手があったか」

「教室は冷房が効きすぎている時がありますからね。その時のための物でもあるんです」

さすがに外で着るにはまだ暑いので無理ですけどね、と楓さんは苦笑いを零《こぼ》した。そういうことなら冬服に切り替わるまでの間も気に病まずに済むな。

「ところで勇也君は私の透けブラを見たいですか？」

「……はい？　どうしてそうなるんですかね？」

「前に秋穂ちゃんが言っていました。透けブラは男のロマンだと。もし勇也君が望むならお家《うち》で再現してあげてもいいですよ？」

「ごめん、楓さん。男のロマンなのは認めるけどそこから先は全く理解出来ません。わかるように話してもらえますか？」

家で透けブラを再現するってどういうことだよ。二学期初日なのにいつにもましてアクセルを踏み込んでいませんか？

「それはですね……制服を着たままお風呂《ふろ》でシャワーを――」

「おはよう、吉住《よしずみ》！　今日も朝から一葉《ひとつば》さんとラブラブだね」

楓さんのことばに被《かぶ》せるように俺の背中に鞄《かばん》を叩《たた》きつけながら声をかけてきたのは二階《にかい》堂《どう》だった。

「……おはよう、二階堂。今日も相変わらず爽やかだな」

表情も雲一つない空と同じで清々《すがすが》しく、明和台の王子様は二学期も健在だ。でも地味に痛いから明日から声をかける時はもう少し優しくしてくれると助かる。

「それは吉住次第かな。もう秋だっていうのに二人の熱は冷めるどころか熱くなる一方だからね。ほどほどにしてくれたら考えてあげる」

叩いたところを優しくさすりながら二階堂が耳元で囁《ささや》いた。突然の行為に俺はビクッと肩を震わせ、楓さんの顔に驚愕《きょうがく》が刻まれる。

「それじゃ私は先に行くね。イチャイチャするのも結構だけど、のんびりして遅刻しないようにね！」

そう言い残して二階堂は早足で颯爽《さっそう》と去って行った。その背中を見つめていると、楓さんが腕を抱きしめる力を強めてきた。少し痛いけどその分双丘に包まれて気持ちいい。

「むぅ……勇也君、私は負けませんからね！　誰にも勇也君を渡したりなんかしないもん！　勇也君は私の未来の旦那さんだもん！」

頰をフグのように膨らませながらのだもん口調のダブルパンチに俺はノックアウト寸前まで追い込まれる。あまりにも反則的な可愛さだよ、楓さんと心中で呟《つぶや》きながらポンポンと優しく頭を撫《な》でる。

いつもならこれで少しは落ち着くはずなのに、今回の楓さんはむしろグルルと警戒心を強めながら小声でボソッと呟いた。

「薄々感じてはいましたがやはり二階堂さんは勇也君のことをまだ……」

「……楓さん？」

「これはまだまだ油断が出来ませんね……私も頑張らないと！　えい、えい、むんっ！」

ぐっと力強く拳を作って決意を新たにする楓さん。これ以上頑張られたらいつかのように過労で倒れてしまわないか不安になるのでほどほどにしてほしい。あともう少し未来の旦那さんのことを信じてほしいかな。

「勇也君のお嫁さん第一候補は私です！　第二候補以下はいません！」

「そうだね。俺のお嫁さんは楓さんしか考えられないから同じ気持ちで嬉しいよ。でもね――」

「でも、なんですか？」

「そろそろ学校に向かわないと始業のチャイムに間に合わなくなるかも」

キョトンと首を傾《かし》げる楓さんに絶望的な事実を告げた。十分余裕はあったはずなのに、気が付けばゆっくり歩いていたら間に合わなくなる時間になっていた。

「……また走るんですか？」

「……少し早歩きで行けば多分、きっと、maybe 間に合うから大丈夫」

「フフッ。それはとっても不安になる大丈夫ですね」

楓さんは微笑《ほほえ》むと、俺を力強く引っ張って歩き出した。幸先《さいさき》が不安になる二学期の朝だけど、たくさん思い出が作れたらいいなと思いながら楓さんの後に続く。

結局最後は小走りになったが、滑り込みではあったが無事始業前に教室に着くことが出来た。

そこまではよかったが、俺としたことが急いでいたせいで楓さんと腕を組んだまま教室に入ってしまい、久しぶりの再会を喜ぶ挨拶よりも嫉妬と憎悪《ぞうお》を孕《はら》んだ視線を男子陣から浴びせられた。ちなみに楓さんはそんなのどこ吹く風で嬉しそうにしていました。

「ヒューヒュー！　二学期も初日から全開だね、楓ちゃん！」

席に座って一息ついていると秋になっても相変わらず元気な大槻さんが早速楓さんに絡んできた。

「おはようございます、秋穂ちゃん。えへへ。珍しく勇也君がずっと腕を組んでくれたので私は朝から幸せです」

「それは重畳。それから哀《あい》ちゃんから聞いたよ！　夏休みの最後に【エリタージュ】でアルバイトをしたんだってね！　どうして教えてくれなかったの⁉　教えてくれたら遊びに行ったのに！」

「しかも楓ちゃん、メイド服を着ていたって話だけど本当なの⁉　スカートはロング？　それともミニ⁉　答えろ、ヨッシー！」

目を光らせてがっしりと俺の肩を摑《つか》んでくる大槻さん。小さな体のどこにそんな力があるのかわからないが、彼女の指がメリメリと食い込んでくる。痛いから離してくれませんかね？　あとそろそろ離れないと楓さんが怒ると思うよ？

「スカートはもちろんロングですよ、秋穂ちゃん。そんなことよりそろそろ勇也君から離れましょうね？」

ほら見ろ。楓さんが笑いながら背中に般若《はんにゃ》と龍《りゅう》と虎を顕現させたじゃないか。楓さんが怒った時に見せる笑顔が怖いことはすでに何度も体験しているはずだろうに。

「あ、あははは……そっかぁ。やっぱり清楚《せいそ》なロングスカートだったかぁ。いや、ヨッシーの反応からなんとなくそうなんじゃないかなって思っていたんだけどね！」

「ウソはダメだよ、秋穂。一葉さんがアルバイトをしているって教えた時にスカートの話も一緒にしたはずだよね？　それなのにどうしてまた吉住に聞いたのかな？」

一難去ってまた一難。笑って必死に誤魔化そうとする大槻さんの肩に二階堂がポンと手を乗せた。その顔は楓さん同様笑っているが目には炎が灯《とも》り、研ぎ澄まされた少女の背中に漆黒の鬼が宿る。

「えっと……それは……ヨッシーに話を振ったら慌てふためいて面白いかなって思ったからです……」

「それなら肩を掴む必要はない、よね？」

「……はい。哀ちゃんの言う通りです。ヨッシーの肩を掴む必要はありませんでした。反省してます」

しょんぼりと肩を落としながら素直に非を認める大槻さん。騒がしくて時折うんざりすることもあるけど、一か月半ぶりに日常が戻ってきた気がした。

「まぁ秋穂を虐《いじ》めるのはこの辺りにしておくとして。今日から二学期が始まるわけだけど、そうすると何が来ると思う？」

二階堂がニヒルな表情で問いかけてくる。無駄に様になっているからやめてほしいし、その横顔を見た女子生徒達が皆一様に呆《ほう》けた顔をして被害は甚大《じんだい》だ。

「二学期で来るって言ったら一つしかないだろう？」

「そうですね。お祭りが大好きな秋穂ちゃんの独壇場になる一大イベントが来ますね」

「ほら、秋穂。みんなからご指名されているからばっちり答えを言ってあげて」

三者三様の前振りに、落ち込んでいた大槻さんの顔に笑顔が戻る。

「フッフッフッ。しょうがないなぁ！　そこまで言うなら答えてあげるが世の情けだね！　二学期最大にして最高のイベントと言えば――そう、文化祭だよ！」

ドヤっと胸を張って答える大槻さん。その瞬間、制服に包まれた楓さんを凌《しの》ぐ二つの果実がプルンと大きく揺れたのを見て男子達が息を飲んだのを俺は見逃さなかった。もちろんそれは親友《伸二》も同様で、ギロリと鋭い視線で男子達を威圧して黙らせている。普段温厚な伸二が怒ると迫力がある。

「去年は確か喫茶店をやりましたよね。準備も簡単でしたし、売り上げも良かったですよね」

「俺達は……お化け屋敷《やしき》をしたんだったよな？」

「クラスの総意でね。準備のために毎日遅くまで学校に残って大変だったけど、その分すごく楽しかったなぁ」

一年生の時は楓さんとは別々のクラスだったし面識もなかったし、なにより当時の俺にとって一葉楓という女子生徒は高嶺《たかね》の花だったからお店に行く勇気すらなかった。

「私達の喫茶店の売り上げが良かったのは楓ちゃんがいたからだよ。先輩達はもちろん文化祭に来た他校の人がわんさか集まって大変だったんだから」

【エリタージュ】でのアルバイトも楓さん目当てで客が殺到したことを考えれば当然だろうな。ちなみに俺達がやったお化け屋敷は回転率が悪かったので費用対効果は最悪の一言に尽きた。

「あまりにも混雑したので入店規制がかかったんですよね。今年はそうならないように気を付けないといけませんね」

「そうだね、って言いたいところだけど……多分それは無理だよ、楓さん。大槻さんの顔を見てみなよ」

そう言って俺が視線を促した先にいる大槻さんは言葉では言い表せないくらい邪悪な笑みを浮かべていた。あえてたとえるなら世界征服を企《たくら》む魔王と言ったところだが、悲しいことにこの場には勇者はいない。

「フッフッフッ。今年はどうしたものかと沖縄から帰って来てからずっと考えて夜しか眠れなかったんだけど、哀ちゃんから話を聞いてビビッと来たよ！」

「夜はちゃんと眠れたんだな。あと思いついたことってもしかして――」

「ヨッシーの想像通りだよ！　今年の文化祭、我がクラスの出し物は喫茶店だよ！　でも去年のように制服の上からエプロンを着るような簡易な物じゃなく、清楚《せいそ》可憐《かれん》なメイド喫茶だよ！」

その瞬間、教室が熱気と歓声に包まれたのは言うまでもないだろう。ちなみにその中で俺と二階堂は呆《あき》れて頭を抱え、伸二は苦笑い。楓さんだけがパチパチと拍手を送っていた。もしかしてアルバイトの最後に素子さんに相談していたのはこうなることを見越してのことだったのか？

「フフッ。勇也君、残念ながらそれは禁則事項です」

しぃと唇に指を当てながらにこりと笑った楓さんに俺のハートは撃ち抜かれた。可愛《かわい》すぎるぜ、まったく。

「いくら一葉さんが可愛いからといって鼻の下を伸ばしすぎだよ、吉住。すごく気持ち悪い」

「……新学期から辛辣なお言葉、どうもありがとうございます」

二階堂さん。お願いですからもう少しオブラートに包んでください。

第5話 ● 文化祭、始動

I'm gonna live with you not because my parents left me their debt but because I like you

二学期が始まってまもなく一週間。俺達二年二組は文化祭の出し物は決まったので後は本番に向けてひたすら準備を進めていくだけなのだが、全てのクラスがそういうわけではない。

「結《ゆい》ちゃんのクラスは文化祭で何をするかもう決めたんですか？」

昼休みのカフェテリア。いつものメンバーで昼食を食べながら会話の話題は文化祭のことになり、楓《かえで》さんが結ちゃんに尋ねた。

明和台《めいわだい》高校の文化祭は毎年十月最初の週末に開催される。それ故に夏休みが明けてからの最初の一か月間、どのクラスも死に物狂いで準備にあたる。しかし今年が初めての一年生はそのことがわからず切羽詰まることになるのだ。そしてそうなりそうな候補がここに一人。

「聞いてよ、楓ねぇ！　私達のクラスは一部の男子が〝コスプレ喫茶にしようぜ！〟って騒いでいるせいで、お化け屋敷か喫茶店にしようかまだ決めかねているんだよ！　信じられないよね！」

案の定結ちゃんのクラスはまだ何をするか決まっていないようだ。まるで去年の自分達を見ているようで、思わず俺と二階堂《にかいどう》、伸二《しんじ》の三人は揃《そろ》って苦笑する。

「結、悪いことは言わないからどちらにするにしても今日中に決めた方がいいよ。キミが思っている以上に準備は大変だから」

「二階堂の言う通りだよ、結ちゃん。同じように決めるのが遅くなった俺達は土日返上で作業して、それでも終わらなくて学校に寝泊まりしなきゃいけないんじゃないかって思ったくらいだからね」

「僕のオススメは喫茶店かな。お化け屋敷は止《や》めた方がいいよ。経験者からの忠告」

地獄を見た三人からのアドバイスを聞いて結ちゃんの顔から血の気が引いていく。そして壊れたゼンマイ人形のようにギギギと首を動かして隣に座っている楓さんに視線を送って真相を尋ねた。

「か、楓ねぇ……今の話はマジですか？　吉住《よしずみ》先輩が言ったのは本当のことなんですか⁉　土日返上とか嘘《うそ》だよね⁉」

「残念ながら結ちゃん……今の話はすべて事実です」

「血反吐《ちへど》を吐きながら、涙を流しながら、それでも終わらなくてげっそりしていたシン君が懐《なつ》かしいよ……」

悲しそうに俯《うつむ》く頼りになる先輩二人を見て、結ちゃんは両手を頬に当てたムンクの叫びのポーズで声にならない悲鳴を上げる。ちなみに去年の文化祭の準備がどれほど大変だったか楓さんに話したら呆れた顔で〝勇也《ゆうや》君、それは自業自得《じごうじとく》というものです〟と言われました。

「二階堂さんが言われた通り、可及的速やかに文化祭の出し物は決めて準備に取り掛かった方がいいですよ。でないと結ちゃんの身に悲劇が訪れること間違いなしです」

「インチキ霊能力者みたいな予言をしないでよ、楓ねぇ！　本当に悲劇が起きたらどうするのさぁ⁉」

「フッフッフッ。結ちゃんの未来は全てまるっとお見通しです。それを回避したければ喫茶店か、もしくはそれに準じた別の何かにすることをオススメします。ちなみに私達のクラスはメイド喫茶なので被《かぶ》らないでくださいね？」

「……ねぇ、吉住先輩。今の楓ねぇの発言は本当ですか？」

絶望した様子から一転して、結ちゃんの声音が鬼気迫るものへと変化する。どうして俺に振るのかすこぶる疑問だけど素直に答えることにした。別に追及されるのが面倒だったわけじゃないからな？

「あぁ、そうだよ。俺達のクラスは大槻《おおつき》さん発案でメイド喫茶に決まったよ」

「詳しくはメイド＆執事喫茶なんだけどね！　楓ちゃんと哀《あい》ちゃんのメイド姿とヨッシーとシン君の執事姿でがっぽり稼ぐぜ！」

そう言ってガッハッハッと時代劇の悪徳商人のように呵々《かか》大笑する大槻さん。自分目当ての客はいないと思っていそうだけど、メイド服を着た大槻さん目当ての客は間違いなく存在する。伸二が気を揉《も》みそうだな。

「王道な清楚で日本一可愛い女子高生の楓ねぇ。王子様気質でカッコ可愛い二階堂先輩のギャップ萌《も》え。極めつけは合法ロリ爆乳な大槻先輩。明和台が誇る三大美少女のメイド服とか最強じゃないですか！」

バンッとテーブルを叩《たた》いて結ちゃんが叫ぶがそうなるのも無理はない。メイド喫茶＆執事喫茶に決まった瞬間の男子の喜びようと言ったら尋常じゃなかったからな。ちなみに二階堂には執事役がいいのではないかと意見が出たのだが、当の本人がおずおずと挙手をすると少し照れた様子でこう言った。

『私もメイド服が着たいんだけど……ダメかな？』

明和台の王子様の健気《けなげ》なお願いに否と答える者は誰一人としていなかった。むしろイケメン美少女の二階堂自らメイド服が着たいと要望を出したことに女性陣は狂喜乱舞し、ばっちりメイクを施して飛び切り可愛くし、二人目の日本一可愛い女子高生に仕立てようと息巻いている。

「結ちゃんもうちのクラスに来てメイドさんになってよ！　金髪美少女の後輩貧乳メイドが加われば最強の布陣が完成だよ！」

「金髪美少女なんて……大槻先輩にそう言ってもらえるなんて光栄です。文化祭の期間だけでも楓ねぇのクラスにお世話になっちゃおうかなぁ」

聞きなじみのある誘い文句を大槻さんから言われ、えへへとふやけた顔で嬉《うれ》しそうに笑う結ちゃん。美少女の陰に隠れて貧乳って言われているけどそこはスルーするのか。

「そんなことを言ったらクラスメイトの子達が可哀想《かわいそう》ですよ。結ちゃんは自分のクラスを盛り上げるよう頑張ってください」

苦笑交じりで至極尤《もっと》もな指摘を楓さんがする。好きな人、仲のいい人で集まって準備をしたらクラスの出し物というより部活の出し物だ。

「ちぇっ。せっかくメイドな楓ねぇと一緒に働けると思ったのになぁ。二階堂先輩のメイド服も拝めないかもしれないと思うと……あ、吉住先輩。あとで相談があるんですけどいいですか？」

何か思いついたのか、結ちゃんは悪人面《あくにんづら》となって俺に尋ねてきた。皆まで言わなくても考えていることは手に取るようにわかるぞ。

「どうせあれだろう。楓さんと二階堂のメイド姿を写真に撮ってほしいってお願いだろう？　それくらいなら構わないけど二人の許可は自分で取ってね？」

「さすが吉住先輩、話が早くて助かります！　楓ねぇと二階堂先輩にはこの後しっかり許可を取るので安心してください。ですが吉住先輩。私が本当に頼みたいことはそれとは別にあるんです」

楓さんと二階堂を目の前にして許可も何もないと思うが、というツッコミは飲み込んで、口元をニヒルに歪《ゆが》めながら結ちゃんが顔を寄せろと手招きするので近づけると、こそっと耳打ちをしてきた。

「私がお願いしたいのはですね――――」

「――――正気か、結ちゃん？」

その内容を聞いて俺は英国貴婦人を母に持つ金髪美少女の正気を疑った。女の子の口から発していい提案では決してない。むしろ女の敵だぞ。

「大丈夫ですよ。二階堂先輩はともかくとして、楓ねぇなら喜んで協力してくれるはずです。むしろノリノリで撮らせてくれると思います。まぁそのあと食べられても責任は負えませんが」

「おいコラ。なんてことを言うんだ、結ちゃん。というか俺が楓さんに食べられるのが前提なのか」

「話を聞いている限りですと、楓ねぇほどの美少女から事あるごとに際《きわ》どいアプローチを何度もされているのに吉住先輩は手を出したんですか？」

どうして結ちゃんが俺と楓さんの秘め事を知っているのか気になるところではあるが、ご存知の通り残念ながら答えはノーだ。

「まったく……吉住先輩はとんだチキン野郎ですね。さっさと覚悟を決めて楓ねぇと大人の階段を登っちゃいなさいな。それとも吉住先輩は高二にして不能なんですか？」

花の女子高生とは思えない、場末の居酒屋で行われる酔っ払い親父《おやじ》の下ネタトークよりも酷《ひど》い発言を素面《しらふ》で連発する結ちゃん。

「ねぇ、結ちゃん。勇也君とコソコソ内緒話をするのはいいですがそろそろ離れましょうか？　近すぎます！」

楓さんがぷくぅと頬を膨らませながら、貸したきり帰ってこないぬいぐるみを奪還するかのように俺の首に腕を回して結ちゃんから引き剝がした。

「確かに勇也君はチキンさんです。私が何度お誘いしても優しいチューまでしかしてくれません。でも決して不能さんではありません！　勇也君の勇也君はそれはもうとても立派で――」

「スト――――ップ！　突然何を言い出すんですか、楓さん⁉　時間と場所を考えてくれるかな⁉」

俺はとっさに楓さんの口を両手でしっかり塞ぐ。何するんですかと手をバタつかせて抗議して来るが聞く耳持ちません。

昼下がりの大勢の生徒がいるカフェテリアでするのは論外だし、ＴＰＯを弁《わきま》えたら口にしていいかと言われても以下同文だ。脈絡もなく二人の秘め事を暴露しようとするな。

「吉住は立派……立派なのか……そうなのか……」

顔を真っ赤にしながら譫言《うわごと》のように呟《つぶや》いたのは二階堂だった。この中で数少ない良心なのにポンコツにならないでくれ。

「にゃるほどねぇ……ヨッシーが立派だってことを知っているってことは、少なくとも楓ちゃんとヨッシーは裸の付き合いがあるってことでオッケーなのかにゃ？」

「いくら一葉《ひとつば》さんのご両親が一緒とはいえ、ひとつ屋根の下で一緒に暮らしていたらそうなるのは必然だよ。それでも一線を越えていない勇也は……すごいと思う」

当然のようにバカップルが話に便乗して来る。結ちゃんも含めて、俺はあくまで一葉家に居候《いそうろう》をしていることになっているので、楓さんのご両親も一緒に住んでいると思われている。実はそれが嘘だと知られたら――うん、考えたくないな。

名状しがたいこの混沌《こんとん》とした状況に終止符を打ったのは、校内に鳴り響いた昼休みの終わりを告げるチャイムだった。

「結局最後は楓ねぇと吉住先輩のイチャイチャを見せられてお昼休みは終わりですか。ホント、やれやれです」

「ねぇ、結ちゃん。誰のせいでこんなことになったと思っているのかな？」

呆《あき》れた調子で肩をすくめながら立ち上がる後輩の天然金髪女子にジト目を向けるがどこ吹く風。結ちゃんはヒューヒューと口笛を吹きながら、お先ですと言い残してカフェテリアから逃げるように去って行った。

「それじゃそろそろ僕達も教室に戻ろうか。これ以上メオトップルの邪魔をしたら悪いからね」

「そうだね！　哀ちゃん、昼休みもそろそろ終わるから正気に戻って！」

「はっ⁉　私は一体何を考えて……？」

ペシっと大槻さんが背伸びをしながら二階堂の頭を軽く叩くと抜け殻になっていた身体《からだ》に魂が戻ってきた。それでもまだ呆《ほう》けている二階堂を無理やり立たせると、

「はいはい。教室に戻りますよ、王子様。哀ちゃんは私が何とかしておくから、ヨッシーは責任をもって楓ちゃんを連れて来る事。わかった？」

「……はい、わかりました」

楓さんの口を押さえたまま俺が返事をすると、よろしいと一言返して、大槻さんは二階堂の手を引っ張って教室へ戻った。その後ろに付いた伸二は去り際にこちらを振り向くと笑顔でこう言った。

「卒業したら教えてね、勇也」

「……お前にだけは絶対に教えない」

むしろ伸二はどうなんだと聞きたいのは山々だが、それは後日にしておこう。楓さんがいる前でする話ではない。

「ぷはぁ――――！　どうして口封じをしたんですか、勇也君。これは勇也君の名誉に関わることだと思ったから私なりにフォローをしようと思ったのにどうして⁉」

楓さんの口から手を離した瞬間、抗議の声を上げる楓さん。いつの間にか俺達以外の生徒がいなくなり、静かになったカフェテリアに透き通った楓さんの声が響き渡る。

「それはあれだよ、昼休みの学校でする話じゃないからだよ。というかいくら友達とはいえ他人にするような話じゃないよね？」

「うぅ……確かにそうかもしれませんが、かといって言われっぱなしは私が嫌なんです。だって一緒にお風呂《ふろ》に入った時の勇也君のが……てへっ」

そう言って楓さんは両手を頬に当てて可愛《かわい》く首を傾ける。うん、この暴走列車に乗車したらダメだな。大槻さんには申し訳ないが放置して一人で教室に戻るとしよう。

「ま、待ってください、勇也君！　調子に乗ってごめんなさい！　反省も後悔もしていますから置いていかないでください！」

俺が一人で歩き出すと、楓さんも慌てて立ち上がり泣きそうな声を出しながら隣に並び、手をぎゅっと握ってきた。

「学校の中で手を繋《つな》ぐのは恥ずかしいって何度も言っているのに……」

「そう言うわりに、勇也君はいつも教室までは握っていてくれますよね。もう、勇也君のツンデレさん」

楓さんがからかうようにツンツンと指でわき腹を小突いてくるがくすぐったいのでやめてほしい。あと俺はツンデレじゃないからね。手を離そうとしたら楓さんが悲しそうな顔をするから離したくても離せないだけだからね？

「そういうことにしておいてあげます！　さぁ、勇也君。午後の授業と文化祭の準備、頑張りましょうね！」

今年の文化祭はどうなるのかこれから楽しみだ。楓さんのメイド服姿をまた拝めると思うと期待に胸が膨らむな。

「勇也君の執事さんも楽しみです！　お家《うち》に帰ったら〝お帰りなさいませ、お嬢様〟っていう練習をしましょうね！」

うなぎ登りだった俺のテンションが一気に下がった。執事服、本当に着ないとダメ？

第6話・本番よりも準備をしている時が楽しいのは本当かも知れない

I'm gonna live with you not because my parents left me their debt but because I like you

週末の土曜日。俺と楓《かえで》さんは昼過ぎからデート、ではなくメイド&執事喫茶に必要不可欠なあるものを買いに出掛けていた。

本日の楓さんは薄手のニットプルオーバーにノースリーブのダブルボタントレンチワンピースの組み合わせだ。秋晴れの陽気にピッタリな服装でよく似合っている。シンプルな装《よそお》いではあるがチラリと見える綺麗《きれい》なデコルテが大人の色香を醸《かも》し出しているので華やかさもある。

さらに普段は下ろしている純黒の髪を編み込みのハーフアップポニーテールにしていることで綺麗なうなじが露出しているので女子高生らしからぬ雰囲気が漂っている。

「フフッ。今日も勇也《ゆうや》君はカッコいいです！」

腕を組んで歩きながら嬉《うれ》しそうに笑う楓さんに褒められるが果たしてそうだろうか。俺はジーパン、Tシャツに薄手のジャケットを羽織るという雑な格好だ。とてもじゃないが楓さんのような華はないと思う。

「もう。いいですか、勇也君。何度でも言いますが勇也君はカッコいいんです！　イケメンさんなんです！　誰が何と言おうと私のこの考えは変わりません！　私にとって日本一カッコイイ男の子は勇也君なんです！」

ふんすと鼻息を荒くして言い切る楓さん。いや、結構な声量で言うもんだから道行く人に聞かれてすごく恥ずかしいんですけど⁉

『うんうん。女の子の気持ちわかるなぁ。だって彼氏さんカッコいいもん』

『絵に描いたような美男美女のカップル……いいなぁ』

『日本一カッコイイ男の子って……あながち間違いじゃないのが恐ろしい……』

「アハハ……あ、ありがとう楓さん。でもそんなに褒めても何も出ないよ？」

「いいんです。これが私の本心ですから」

ぴとっと身体を寄せてくる楓さんが愛《いと》おしくて思わず頭を撫《な》でてしまった。素直な感情をぶつけられると嬉しさに恥ずかしさが加わって何も言えなくなって困るから勘弁してほしい。

「えへへ。勇也君とデートが出来て嬉しいです。今日はどこに行きましょうか？　あ、プラネタリウムとかどうですか？」

日本を飛び出して世界一可愛い女子高生と言っても過言ではない女の子が浮かれた様子で尋ねてくるので心の中の小さな俺がその提案に乗れと囁《ささや》いてくるが今日のお出かけにはちゃんとした目的がある。

「何度も言っているけどこれはデートであってデートじゃないからね？　今日はメイド服と執事服っていうものすごく大事なものを買いに行くってことを忘れないでね？」

「安心してください、勇也君。その件についてはすでに私と先方さんとで話はついていますから。大船に乗った気持ちで付いて来てください！　そして余った時間でイチャイチャしましょう！」

本当に楓さんはブレないなぁと心中で呟くが、ダメだよと言えないのは少なからず俺も楓さんとそうすることを望んでいるからだ。我ながらいつ歯止めが利《き》かなくなってもおかしくない。

「それにしても秋穂《あきほ》ちゃんと日暮《ひぐれ》君がプチ喧嘩《けんか》するなんて驚きましたね。日暮君が怒ったところ、初めて見ました」

「伸二《しんじ》は滅多に怒らないからな。怒るときは決まって大槻《おおつき》さんが絡《から》むときなんだけど……まぁあいつの気持ちは痛いくらいわかる」

伸二が激怒したのは数日前の放課後に遡る。クラスの出し物がメイド&執事喫茶に決まり、用意しなければいけないものは何かをみんなで考えていた時のことだ。

回想始め

「シン君、キミはわかってない！　今のメイド服の主流はミニスカだよ！　ロングスカートは流行《はや》らないよ！」

こちら現場の吉住《よしずみ》です。放課後の二年二組の教室はゲリラ豪雨が発生したため大荒れとなっております。なんてアホなことをつい考えてしまうくらいの喧騒《けんそう》が廊下まで聞こえてきた。

そのうちの一つはメイド&執事喫茶を発案したことで我がクラスを取り仕切ることになった大槻秋穂。

「何を言っているんだよ、秋穂！　メイド服はロングスカートの清楚《せいそ》系に決まっているだろう⁉　ミニスカなんて邪道だよ！」

対するはサッカー部で俺の相棒を務め、大槻さんの唯一無二のパートナー日暮伸二。

喧嘩なんて滅多にしないバカップルが黒板の前で怒鳴り合っていた。そればかりか一部のクラスメイトは日暮派と大槻派に分かれてそれぞれの主張をバックアップしている。ちなみに大槻派は男子で日暮派は女子が比率として多い。

「ふ、二人とも落ち着いてください！　喧嘩腰では話は前には進みませんよ？」

そんな二人の間に入って何とか落ち着かせようと楓さんは必死に頑張っているが、燃え盛った炎はそう簡単に消えてはくれないようだ。

「なぁ、二階堂《にかいどう》。俺がトイレで席を外していた間に一体全体何が起きたんだ？」

「見ての通りだよ、吉住。リーダーの秋穂の意見に珍しく日暮が噛《か》みついてね。二人の意見が合わなくてね。一部の生徒が便乗したせいで気が付いたらあの通り、一触即発の空気になっちゃった」

「なっちゃったって、他人事《ひとごと》だな。そもそも原因は何だ？　スカートがどうとか言っているけど伸二が怒るなんてそうそうないぞ」

俺の疑問に対して二階堂は見ればわかるよ、と呆《あき》れた様子でいがみ合う二人を指さした。

この件に関しては面倒だから傍観者に徹するつもりだな。

「シン君もわかっていると思うけど、出店にかかった経費を差し引いた分の売り上げはク

ラスの打ち上げ代に使っていいことになっているんだよ？　なら考えないといけないのはどうしたら楽しく儲《もう》けられるかだよ！」

「だからメイドさんのスカートを短くするっていうのかい？　それはあまりに短絡的過ぎると思うけど？」

「想像してみなよ！　楓ちゃんや哀《あい》ちゃんがミニスカを押さえて恥ずかしそうにしながら客寄せする姿を！　ものすごくそそるよね、ヨッシー⁉」

　俺に質問をするな！　とつい叫びそうになる。おかげでクラスメイト全員の視線を浴びることになったじゃないか。しかも〝答えろ〟と無言の圧をかけて来るし。

「秋穂の言葉に踊らされたらダメだよ、勇也。自分の意見をしっかり言うんだ！　同調圧力に屈しないで！」

「ヨッシー、時として個の感情を捨てることも必要だよ！　全ては売り上げのため……みんなで焼き肉パーティーをするために！」

　メイド服のスカートの長さでここまで熱くなれる二人は正直すごいと思う。チラリと二階堂を見ると俯《うつむ》いて肩を震わせながら必死に笑いを堪《こら》えている。

「勇也君の考えを教えてください！　メイドさんのスカートはロングですか？　それともミニですか？」

ついに楓さんまで俺に尋ねてきたのでいよいよ俺の逃げ場はなくなった。一つため息をついてから俺は素朴な疑問を口にした。

「そもそもどうしてロングかミニスカの二択なんだ？　別にどっちかに決めることはないと思うけど？」

「「「……え？」」」

教室に疑問の声が広がった。大槻さんと伸二に至っては険しい表情を浮かべる。その反応は予想外だったがただ一人、楓さんだけは言わんとすることに気が付いたのかピコンと頭の上に電球が灯《とも》ったような顔をする。さすが楓さんと心中で呟《つぶや》いてから俺は言葉を続けた。

「例えば初日は清楚なロングスカートのメイドさんだけど、二日目は一転してミニスカのメイドさんにするのはどう？」

必要経費は倍になるけどそれ以上の稼ぎが見込めるだろう。一日目に来た客も翌日はメイドの服装が変わると知れば二日目も足を運びたくなる。要するにこの二日の間にどれだけリピーターを作れるかが重要だってことだ。

「みんなもそうだと思うけど、二日間ある文化祭で初日と二日目で行く店は変わるだろう？　でも衣装が違っていたらどうだ？　様子くらいは見に行くだろう？」

「そうだな……吉住の言う通りだ。俺なら気になって見に行く。それでミニスカメイドさんになっていたら間違いなく入る」

堂々と答えたのは茂木《もぎ》だった。それをきっかけにミニスカ派の男子達が口々に「俺も！」と同意の声を上げる。

「でもあくまでこれは例えばの話だからね。ミニスカは嫌だって子には無理強いせずにロングスカートにすればいい。ミニスカとロングが混在しているのもそれはそれで悪くないだろうし。どうかな？」

年に一度のお祭り騒ぎだし、来年は受験勉強で忙しくなるからクラスで騒げるのも今年が最後。それならみんなの思い出に残る楽しい文化祭にしたいじゃないか。

「これは勇也に一本取られたね、秋穂」

「むむむっ……まさかヨッシーが折衷案を出してくるとは！　しかも話も理にかなっているときた。さすが楓ちゃんが溺愛するだけのことはあるね……デキる！」

苦笑いを浮かべる伸二と悔しそうに爪を噛む大槻さん。そして楓さんは誇らしげなドヤ顔で胸を張る。

「二人の意見をしっかり取り入れつつ、売り上げ確保とみんなが楽しめるように配慮もばっちりされている。さすがです、勇也君！」

楓さんはパチパチと拍手をしながら手放しで俺のことを褒めると、ロングスカート派の女子達から拍手が沸き上がる。

「ロングスカートからミニスカートに衣装チェンジは思いつかなかったよ。あらかじめ告知しておけば二日目のリピートに繋《つな》がるし、そうなれば大繁盛《だいはんじょう》して売り上げもがっぽり稼げそう……問題があるとすれば予算だね」

俺の提案の一番の問題はお金がかかることだ。当日は当番制になるはずだが、男子ならまだしも女子は着回しするわけにいかないし、場合によっては一人二着の衣装を用意しなければいけなくなる。そうなると衣装代だけでそれなりの予算を食うことになる。

「安心してください、秋穂ちゃん。衣装については伝手《つて》があるので私に任せてください。多分何とかなると思います」

「さすが、楓ちゃん！　そうなるとあと必要なのは食材と装飾周りだね。今年も機材は楓ちゃんにお願いしていいかな？」

「はい、そちらも任せてくれて大丈夫です。去年同様に前日に搬入するように手配しておきます」

楓さんと大槻さんは去年も喫茶店をやっているからテンポよく話が進んでいく。というか高校の文化祭に世界的有名家電メーカーであるＨｉｔｏｔｓｕｂａの全面バックアップを得られるのは最早《もはや》チートだよな。

「フフフッ……見えたよ、見えてきたよ……明和台《めいわだい》高校の文化祭を塗り替える歴史的瞬間が！　史上最高額の売り上げを達成して、今年の焼き肉はみんなで叙○苑に行くぞぉ‼」

「「「おぉぉぉぉぉぉお‼‼」」」

食べ盛りの高校生全員で食べ放題のない高級焼肉店に行くのは不可能だろう、なんて突っ込むのは野暮だな。クラスの方向性が固まりやる気が漲《みなぎ》っていることを喜ぼう。

「ところで話に入ってこなかったけど、二階堂はどうするんだ？　ミニスカメイドになるのか？」

「フフッ。吉住が私にそれを望むならね」

「……これ以上はノーコメントで」

間違いなく言えるのは、二階堂がミニスカメイドになったらギャップ萌《も》えに男女関係なくまたファンが増えるってことだ。

「負けっぱなしは性に合わないからね。私だってやるときはやるってところ、見せてあげるよ」

どうかほどほどでお願いします。

回想終わり

その後は装飾に必要な物のリストアップと提供するメニューを手間はかかるが経費を抑えられる手作りお菓子にするか、それとも予算はかさむが既製品のお菓子にするかを話し合ったが結論は週明けに持ち越しとなった。

「どちらにしても、メイド服をどれくらい安く手に入れられるかどうかにかかっているわけだけど……楓さん、本当に大丈夫なの？」

「心配性ですね、勇也君。無問題です。なにせこれから行くお店を私に教えてくれたのは何を隠そう素子《もとこ》さんですからね！　事前に文化祭で使うので購入したいとお店の方に電話でお話ししたら格安で提供してくださると快い返事をいただいています」

「なるほどね。バイトの最終日に素子さんと話していたのはやっぱりメイド服の購入場所だったのか」

「はい！　勇也君とお家《うち》で主従プレイがしたいなぁと思った時から購入することは決めていました。まさかそれがこのような形で役に立つとは思いませんでしたけどね」

不純すぎる動機だけど今回ばかりはそれが功を奏したな。というか諦めていないんですね、その話。絶対にやらないからね？

「必ず勇也君をその気にさせてみます！　勇也君の専属メイドに私はなる！」

いや、某有名海賊漫画の主人公の名台詞《ぜりふ》のように言われても困るんですけどね。なんて傍《はた》から見ればアホな――俺達にとっては楽しい――会話をしながら楓さんとのんびり歩いていく。

「着きましたよ、勇也君！　ここが素子さんに紹介していただいたメイド服専門店の【カラリーヴァ】さんです！」

大通りから少し離れ、喧騒《けんそう》から解放された静かな裏道を歩くと二階建ての赤レンガ風の建物にたどり着いた。中を覗《のぞ》くと一階は喫茶店のようになっており、メイド服を着た店員さんが見えた。

「【カラリーヴァ】さんは一階が喫茶店、二階はメイド服専門店になっているんです」

説明しながら楓さんは喫茶店の横にある入り口から建物の中へ入ると軽快な足取りで階段を上り、躊躇《ためら》うことなく入店した。俺は少し緊張しながらその後に続いた。

店内に入ってまず俺が感じたのは〝メイド服専門店の名は伊達《だて》ではない〟ということだ。

そもそもメイド服と言えば少し丈の短い白と黒のエプロンドレスのイメージしかなかったのだが、その常識が見事に覆《くつがえ》された。ロングスカートの物や肩を露出した物。煽情的な下着まで置いてある。うん、俺がいていい空間ではないな。

「お嬢様はとても可愛《かわい》いのでどれを着ても似合うと思いますよ！　むしろ選んでも良いですか？　というか選ばせてください！」

入店してすぐのこと。楓さんと二人で店内を歩いていると店員さん（当然メイド服姿）が声をかけてきた。清楚《せいそ》で気品に満ちたロング丈のメイド服。色合いは落ち着きのある深緑でまさに淑女と言った感じだ。

「ありがとうございます。私達は【エリタージュ】の大山《おおやま》素子さんの紹介で店長の宮脇《みやわき》真佑《ま ゆ》さんに会いに来たんですけど……」

「あ、私が店長の宮脇真佑です！　ということはあなたがこの前電話でお話しした一葉《ひとつば》楓ちゃん⁉　うわぁ……想像以上に可愛いなぁ」

どうやらこの人が今回俺達にメイド服を格安で提供してくれるメイド服専門店の店長さんのようだ。素子さんの紹介という話だから心配はないと思うが、楓さんを見る目が血走っているのがそこはかとなく不安だ。

「お電話でご相談した件なのですが、早速見せていただきたいのですがよろしいですか？」

「もちろんですとも！　ささっ、彼氏さんも一緒にこちらへどうぞ！　当店のとっておきをご覧に入れましょう！」

胡散臭《うさんくさ》いセールスマンのような仕草で宮脇さんに誘導されて店の奥にある在庫置き場に入ると、数多くのハンガーラックに吊《つ》るされたまだ真新しい大量のメイド服。またそれとは別に無数の段ボールが山のように積まれていた。

「もしかしてこの段ボールの中身は全部メイド服なんですか？」

「メイド服が中心ですが全てじゃないですよ。装飾品のエプロンやカチューシャ、ビキニやランジェリーなどもありますからね」

俺の質問に苦笑しながら宮脇さんは答えると〝明和台高校　メイド服〟と書かれた段ボールをいくつか持ってきた。

「楓ちゃんから連絡を貰《もら》ってから私の独断と偏見で選んだメイド服達が入っています！」

「ありがとうございます――わぁ……見てください、勇也君！　どれも凄《すご》く可愛いですよ！」

試しに楓さんが段ボールから取り出した一着はオープンショルダーのブラウスにミニスカートの組み合わせ。肩の一部を露出させることで秘められた色気がほのかに香ることだろう。袖は着脱出来るようになっている2ｗａｙ仕様とのことなので着用者の好みに合わせることも可能になっている。

「すごいですよ、勇也君。色々な種類のメイド服が入っています！　ロングスカートもあればメルヘンチックなデザインの物など多種多様です！　しかも別の箱にはスカートの下に穿《は》くペチコートやニーソ、ガーターベルトに靴まで入っています！　まさしくこれはメイド服の宝石箱です！」

目をキラキラと輝かせながら楓さんは楽しそうに中身を確認していく。デザインを統一しないことで色んなメイドさんを見ることが出来るのでお客さんは楽しいかもしれない。それに初めからロングとミニスカメイドを混在させれば予算もかなり抑えることが出来るはずだ。

「アンケートを取りましたがロングとミニスカの比率は7：3くらいでしたし、どちらも着たいという人はほとんどいませんでしたから」

「ほとんどってことは若干名はいたのか。まぁ誰かは予想つくけど……」

「勇也君の予想している通りで間違いないです。どちらも着たいと答えたのは私を含めて三人です」

それは最早答えを言っているようなものだよ、楓さん。というか二階堂もどっちも着たいと答えたのか。夏祭りの一件以来どこか吹っ切れたようだが、それが良《い》いことかどうかはわからない。

「その様子だと気に入ってもらえたみたいだね。執事服も後で持ってくるから少し待っててね」

「ありがとうございます、宮脇さん。でも本当にいいんですか？　これだけの品を全て90％オフにしていただくなんて……」

楓さんから飛び出た衝撃の発言に俺は顎が外れそうになるほど驚いた。それだけ値引きしたら赤字以前の問題のはずだ。

「洋服と同じようにメイド服も常に新しい商品が出てきます。私も在庫管理は注意しているんですが、それでもこのように売れ残りは発生してしまうんです」

明るい口調で話すが表情はどこか悲しげに目じりを下げる宮脇さん。誰かが身に着けてこそ輝くメイド服をこのような形で倉庫の肥やしにしてしまっていることが悔しいのだろう。

「このまま段ボールにしまっておくよりも楓ちゃんのような可愛い女子高生に着てもらった方がこの子達も幸せなはずですから！」

そう言ってえへっと笑う宮脇さん。ここにある品物達はこの人にとって我が子同然で、輝ける場所を与えてやりたいのだろう。その気持ちを汲《く》み取った楓さんは深々と頭を下げて、あらためて感謝の気持ちを伝えた。

「ありがとうございます、宮脇さん。本当に……ありがとうございます」

「そんなかしこまらないでいいよ！　楓ちゃんは大切なお客様だからね！　この後見ていくんだよね？」

「はい！　個人的にメイド服が欲しいので是非！」

「ふっふっふっ……そういうことならお任せください！　楓ちゃんを飛び切り可愛いメイドさんに私が仕上げてあげるから！　あまりの可愛さに彼氏さん、今夜は眠れないですよ⁉　ええ、それはもう色んな意味で！」

　ぐっへっへっと笑う宮脇さん。湿っぽくなっていた空気が一瞬で霧散したのはいいことだけど、初対面の客を相手に「今夜は眠れないですよ⁉」と言うのはいくらなんでもあんまりだ。

「勇也君、待っていてくださいね！　飛び切り可愛いメイドさんになってきますから！」

　そう言い残して楓さんは宮脇さんと一緒に在庫置き場から出て行ってしまった。一人残された俺は〝明和台高校　執事服〟と書かれた段ボールの中身を確認することにした。

　これからきっとあのヤバイ（失礼だがそう認定した）店長さんと着せ替えタイムが始まるだろうからすぐには帰ってこないはず。

「二人が戻ってくるまで、中身を全部確認しておくか……」

　蒸し暑い倉庫の中で額に汗をかきながら人数分のメイド服と執事服、その他アイテムがあることを確認すること約一時間。楓さんから準備が出来ましたとスマホで呼び出されたので俺は試着室へ向かった。

「勇也君、お待たせしました！」

ハイテンションな声とともにカーテンを開けて出てきた楓さんを見て俺は言葉を失った。

え？　天使がメイド服を着ているんだけどこれは夢かな？

ダークグレーのチェック柄のデザインに満開に咲く花のようにボリュームのあるスカート。首元には小さなリボンと頭に着けたカチューシャが可愛らしさを演出している。

それだけだとただの落ち着きのあるメイド服だが、肩から鎖骨にかけてのいわゆるデコルテゾーンは薄いブラウンの生地になっていて素肌が透けている。加えて楓さんの綺麗《きれい》な生足をより煽情的に演出するほどよく透けるニーソックス。甘美であり妖艶《ようえん》な装《よそお》いに俺の目は釘付《くぎづ》けになった。

「楓ちゃん！　さっき教えたでしょう？　そこは〝勇也君〟じゃなくて〝ご主人様〟ですよ！」

「あ、そうでしたね、店長。では改めて――どうですか、ご主人様？　似合っていますか？」

宮脇さんに諭されて楓さんが言い直した。いつの間にそんなに仲良くなったのか、なんてことを楓さんに教えてくれたんだと説教をしたいところではあるが、まずは感想を伝えなくてはならない。それが彼氏としての礼儀《おれい》というものだ。

「すごく似合っているよ、楓さん。そんな月並みの言葉しか出てこないけどすごく可愛い」

この時ばかりは自分の語彙力のなさを呪った。もっとこうあるだろう。女神が地上に降臨してメイド服を着ているとか、これでご奉仕してくれたら天にも昇るとか、もうなんか色々言いたことはあるけど、全部ひっくるめて〝可愛い〟だ。

「わぁ……楓ちゃんの言っていた通り、彼氏さんはすごく素直だね。なんだか関係のない私まで恥ずかしくなってきたわ」

「もう……！　勇也君ったら女神様とか大袈裟《おおげさ》ですよぉ。今夜は天にも昇るくらいご奉仕頑張っちゃいますね！」

楓さんが満開の桜のような笑顔で言うがそこまで頑張らないでいいからね？　というかそういうことはお店の中じゃなくて二人きりの時に不意打ち的に言ってほしいかな！　ほら、宮脇さんも顔を真っ赤にしていらっしゃるじゃないですかぁ！

「メイドによる天にも昇るご奉仕プレイ……どんな感じなのかしら……ハァハァ……動画に収めたいっ！」

うん、トリップしてぶつくさ言っていることは聞かなかったことにしよう。こんな人が店長で大丈夫かと思うが、チョイスは完璧だから文句は言えない。

「そ、そうだ楓ちゃん！　せっかくだから彼氏さんと記念撮影したらどうかな？　チェキ、サービスしてあげる！」

「え⁉　いいんですか⁉　勇也君……じゃなかった。ご主人様！　いいですよね⁉　記念写真撮ってもらいましょう！」

「その口ぶりだと俺に拒否権はないよね。まぁせっかくの思い出だし、撮ってもらおうか」

さすが勇也君です、とはしゃぎながら俺に抱きついてくる楓さん。メイドさん設定は安定していないみたいだな。そんなことよりも店内で首に腕を回してギュッとして来ないでもらえますかね？　ただでさえ今の楓さんはメイド服で薄手なのだ。そうすると当たって困る。

「フフッ。違いますよ、ご主人様。当たっているのではなく当てているんです」

「────⁉」

耳元でメイドさんに甘く囁《ささや》かれて心臓がドクンと大きく跳ね上がる。なるほど、これが世に名高い堕天使エロメイドというやつか⁉　いや、あれはもっと肌色成分マシマシだったからちょっと違うな。

「ご主人様が望むなら……もっとエッチなメイド服でお・も・て・な・し、しますよ？」

楓さん⁉　あなたは一体何をおっしゃっているんですかね⁉　楓さんが〝えっち〟ということは相当ヤバイと推測される。それにエッチなメイド服でおもてなしがどんなものかすごく気になるけど、そもそも誰だそんなことを吹き込んだのは⁉

「ほらほら楓ちゃん。そういうことはお家《うち》に帰ってからするんでしょう？　大丈夫、教えた通りにすればご主人様はイチコロだから。むしろもうノックアウト寸前かな？」

「犯人はあなたかぁぁぁぁぁぁ‼」

宮脇さんはあれだ、桜子《さくらこ》さんと同類だ！　いや、客である楓さんに話を吹き込んでいる時点で桜子さんより悪質だな！　楓さんもそういう話をすぐ信じないでくださいよ！

「勇也君。私が何でもかんでもすぐに鵜《う》呑《の》みにするアホな子だと思わないでください。店長さんのお話は勇也君を喜ばすことができる大変有意義なものだと私は判断しました。ですから安心して私に身体《からだ》を預けてください」

「どこに安心できる要素があるのか説明してくれるかな⁉」

ウフフと楓さんは笑うばかりで俺の話を聞く気はないみたいだ。そうこうしているうちに店長さんに案内されて、俺達は店に併設されている写真撮影のスペースにやって来た。

普段ここではお客さんと従業員のメイドさんとの撮影会が行われるらしいが、今は休憩中のため誰もいなかった。

「こっちの準備は出来たよぉ！　二人の準備はどうかな？」

チェキを構える店長さん。楓さんは俺の腕にぎゅっと抱き着いているいつもの体勢。だが先ほど散々からかわれた仕返しをしないと俺の気が済まない。それにどうせ思い出に残すなら忘れないくらい鮮烈な方がいい。だから俺はくるりと楓さんの背後に回って思い切り抱きしめた。

「――――へ？　ちょ、勇也君⁉」

「しっ。前を見て」

不意打ちでハグをされて驚く楓さんを制して前を向いてもらう。店長さんはニヤリと笑ってシャッターを押した。

「うん！　楓ちゃん、すごく可愛《かわい》く撮れたよ！　彼氏君も超イケメン！　ってか、勇也君って言ったけ？　君、見かけによらず大胆なところがあるねぇ」

宮脇さんは一枚にとどまらず三枚もチェキを撮ってくれた。一枚目こそ楓さんは驚いた顔をしているが、二枚目以降は落ち着きを取り戻して柔和な笑みを浮かべていた。

「今日初めて会った私にもわかるよ。写真に写っている楓ちゃん、ものすごく幸せそう。

大好きなんだね、彼女のことが」

「……はい。世界中の誰よりも大切な人ですから」

わぁお、と驚きのあまり口元を押さえる宮脇さん。ちなみにこの場に楓さんはいない。試着したメイド服から着替えているのだ。そうじゃなかったらこんなことを堂々と言えるわけない。

「いやいや。本人がいなくても普通は言えないからね？　君が中々特殊なだけだからね？」

「そうですかね？」

「そうだよ！　男っていうのは不器用な生き物なの！　勇也君みたいに素直にストレートをぶつけてくる方が例外なの！」

「そうですよ、勇也君。もう少し自重してくださいと何度も言っているじゃないですか」

両手に先ほどまで着ていたメイド服を手にした楓さんが戻ってきた。心なしか頰が赤いが、もしかして聞いていたのかな？

「お疲れさま、楓ちゃん。こんなに愛されているなんて羨ましいよ。あ、新しいやつは用意できているからこっちへ来て」

「はい、ありがとうございます。それでは勇也君、文化祭用の衣装と併せてお会計を済ませてくるので少し待っていてください」

「あぁ……うん。わかった。それじゃ外で待ってるね」

文化祭で必要な衣装関係を格安で揃《そろ》えることが出来たのはよかったけど、あのメイド服も買うのか。本気で家の中で主従プレイをするつもりじゃないよね？

＊＊＊＊

一番の懸念《けねん》点だった衣装が格安で手に入ったことでクラスのやる気は俄然《がぜん》高まった。色々なメイド服を見た女子達は色めき立ち、執事服に抵抗があった男子達も実物を見て意外にカッコイイのではとテンションが上がっていた。

「これから進めていくのは教室の装飾だね。作らないといけないのは看板とメニュー表かな？　テーブルクロスは既製品でいいかな？」

「そうだね。衣装を安く仕入れることが出来たから予算に余裕があるから楽出来るところは楽をしよう。もちろん費用は押さえていくけどね」

大槻さんと伸二の二人を中心として準備を進めていく。大雑把に見えて大槻さんは現在地をちゃんと把握しているし、伸二の予算管理は完璧なので実に頼もしいリーダー達だ。

ここから当日まではひたすら作業に追われることになる。と言っても去年のお化け屋敷《やしき》ほどではないだろう。

「そうですね。看板づくりはまだ時間がたっぷりあるので大丈夫だと思いますが、細々とした備品を買わないといけない方が大変です。なにせ量が量ですから」

「紙皿とかフォークとかか。確かにたくさん買っておかないと当日切れたら大変だよね」

「最悪の場合、文化祭を抜け出して買いに走る羽目になるので余るくらいがちょうどいいと思います。なにせ去年私達のクラスはそうなりましたから」

楓さんは苦笑いをしながらそう話した。楓さんと大槻さんが制服の上からエプロンを着けただけの喫茶店を開いたのに備品を切らしたとなれば、女子全員がメイド服になる今年はどうなるか火を見るよりも明らかだな。

「まぁ万が一の時は執事の格好をした吉住が走るから大丈夫だよね。きっと大騒ぎになるだろうけど」

笑いながら二階堂が俺の肩をポンと叩《たた》いた。さすがに俺一人で大量の買い出しは無理だからな？　伸二や茂木も巻き込むからな。というかそうならないように買いましょうって楓さんが言ったばかりだろう。

「だから万が一って言ったでしょう？　大丈夫、その時は私と一葉さんも一緒に走ってあげるから。そうだよね、一葉さん？」

「は、はい。勇也君一人に恥ずかしい思いはさせません！　その時は私もお供します！」

「いや、二人が外に出たら騒然となるから教室にいてくれ」

両手にメイドさんを連れていたらきっと道行く人に嫉妬と憎悪《ぞうお》に溢《あふ》れた視線を向けられることだろう。うん、想像するだけで背筋が震える。

「両手に花っていう意味なら今もそう大差ないんじゃない？　腕組んで歩いちゃったりする？」

「……二階堂、そういう冗談はよせ」

「フフッ。そうだね。ごめんね、一葉さん。冗談だから安心して」

頬を膨らませながら俺の腕にギュッと抱きついてきた楓さんに二階堂は詫《わ》びるが、そうするくらいなら最初から言わないでくれ。両手に花どころかただの修羅場だ。

「出来ることならメオトップルの二人のお守りはしたくないけど、キミ達二人で買い出しに行かせたらいつまで経《た》っても帰ってこないかもしれないでしょう？」

だから仕方なくだよ、と肩をすくめる二階堂。心外だな。いくら俺と楓さんでも買い物をほったらかして遊んだりはしないぞ。

「そうですよ、二階堂さん。私と勇也君はそこまでお馬鹿じゃありません！　キッチリやることを済ませてからイチャイチャします！」

「いや、だから買い物が終わったらイチャイチャしないでまっすぐ帰って来てって話なんだけどね？」

二階堂はやれやれとため息をつきながら苦笑した。

ちなみに俺達三人は大槻さんからの命を受けて教室の装飾に必要なテーブルクロスやカップやお皿の調達に学校の最寄り駅近くにある百円ショップに来ていた。中規模店なので品揃《ぞろ》えも豊富なのでこの時期は明和台高校の行きつけとなる。

最初は楓さんと俺の二人で行くはずだったのだが、荷物の量を考えたら二人だけでは大変だろうということで二階堂が加わった。

「出来ることなら紙皿や紙コップじゃなくてちゃんとした食器がいいけど、予算と手間を考えたらしょうがないね」

「そうですね……去年もその話は出ましたが洗い物をする場所が確保できないので断念せざるを得ませんでした」

店内を物色しながら相談する二階堂と楓さん。何を買うかは二人に任せて俺は荷物持ちに徹した方が良さそうだな。ただ二人の間に不穏な空気を感じたらいつでも間に入れるように心構えはしておく。

「ところで一葉さん。夏休みのアルバイトはどうだった？　楽しかった？」

「ええ。とても有意義なものでしたよ。初めてのことがたくさんあって大変でしたけど、とてもいい出会いもありましたし楽しかったです。おかげでこの先の目標も見つかりそうです」

素敵な出会いというがその年上の相手が女性客だと聞いているので俺は動じない。肝心の名前は聞き忘れてしまったのでどこの誰かはわからないのが気になるけど。

「……さすが一葉さんだね。夢の話をしてから見つけるまであっという間だったね」

「まだ二階堂さんや秋穂ちゃんほど明確にはなっていませんけどね」

フフフッと笑い合う二人。何だろうこの不思議な空気は。楓さんと二階堂の間で見えない火花が飛び散っているかのようだ。もしくは猫同士の可愛くも激しい喧嘩《けんか》？　でも必要な物は滞りなく俺が持つカゴの中に入れられていくので問題はないのだが。

「あれ、もしかしてそこにいらっしゃるのは吉住先輩じゃないですか？　ということはもちろん楓ねぇもいますよね⁉」

その奇妙な空気を切り裂いたのは後輩にして義理の妹分の結《ゆい》ちゃんだった。彼女の一歩後ろには商品が大量に詰まっているであろう袋を両手に抱えた八坂《やさか》君がいた。彼は俺に気付くや否《いな》や袋を置いて慌てて身なりを整え出した。どうした？

「結ちゃんも買い出しですか？　結局出し物は何をすることになったんですか？」

「吉住先輩達からは忠告されましたがお化け屋敷をすることになりました！　通路づくりに必要な布や仮装に必要な衣装や化粧道具を揃えているところです！」

修羅の道を選んだのか、結ちゃん達は。お化け屋敷は大変だぞ。特に通路づくりは想像以上に面倒くさいぞ。

「フッフッフッ。甘いですよ、吉住先輩。如何《いか》に楽をして楽しむか。そのために私は生徒会に掛け合ってパーテーションを借りました！　これに布を被《かぶ》せれば簡単に通路が作れるので作業時間は大幅短縮です！」

「よくパーテーションを借りられたね、結。私達も去年散々掛け合ったけどダメだったのに……」

二階堂が感心した顔で呟《つぶや》いた。俺達も生徒会に何度も掛け合ったのにダメだの一点張りだったので、仕方なく机を重ねて対処した。机を重ねるのは隣の様子を視《み》えなくするためとお化け役が隠れる場所を確保するためだ。

「俺も一緒について行ったんですが、宮本《みやもと》さんのものすごい剣幕に驚きました。生徒会長がたじたじになりながら〝勘弁してください〟って言うくらいでしたから」

「こら、八坂君！　ちょっと誇張しすぎじゃないかな？　私は別に怒鳴ったりしてないよ？　あくまで穏便かつ冷静にお話をしただけだよ？」

「いやいやいや⁉　確かに最初の方はそうだったかもしれないけど、中盤から段々声にトゲが出始めて最後の方は完全に怒鳴っていたよね⁉」

「いいかい、八坂君。警察はね、証拠のない話には聞く耳を貸さないんだよ……」

どこぞのトリプルフェイスの公安刑事のような台詞《せりふ》を言いながらフッと笑う結ちゃん。認めたくはないが、英国貴婦人然としているメアリーさんの血が半分入っているので、たまに決め顔をすると様になるんだよな。

「真面目に答えると、私が生徒会長に言ったのは吉住先輩や二階堂先輩が苦労したことを踏まえてパーテーションを貸し出してください。毎日最終下校時間まで作業をしていたら勉学にも支障が出る。それでは本末転倒じゃないですかってくらいですよ」

「最終的には〝もし私達が遅くまで作業で残って、その帰り道に何かあったら生徒会長は責任とれるんですか⁉　パーテーションを貸してくれたら防げたかもしれない悲劇の責任を取れるんですか⁉〟って言っていました」

「だから八坂君。そういうことは言わなくてよろしいのよ？」

呆《あき》れた顔で丁寧な補足説明を二階堂にする八坂君にジト目を向ける結ちゃん。まるで夫《め》婦《お》漫《と》才を見ているようだ。それは楓さんも感じ取ったようで、

「二人とはとっても仲良しなんですね！　フフッ。私の後ろをずっとついてきた結ちゃんもいつの間にか大人になっていたんですね……」

俺以上のことを考えていました。

「何を想像しているか手に取るようにわかるけど違うからね？　私と八坂君は別に全然、楓ねぇが想像しているような関係ではないからね？」

「そそそ、そうですよ一葉先輩！　俺と宮本さんはまったく、全然、そういう関係ではないですし、それに俺には好きな人がいますから……」

そう言って八坂君はほんのり顔を赤くしながら横目でチラリと二階堂を見たことを俺は見逃さなかった。そうか、あの時二階堂が言っていた〝一年生の男の子に告白された〟というのは彼のことだったのか。

「だからこの話はここでお仕舞い！　あっ、そうだ。吉住先輩にお化け屋敷のことで相談したいことがあるんだった！　このあとお時間いいですか？」

「――うん、俺でよければいくらでも相談に乗るよ。楓さん、必要な物は揃《そろ》えられた？」

結ちゃんから突然飛んできたウィンク。それが意味するところを俺は瞬時に悟り、楓さんにもパスを出す。

「はい。数に不安はありますけど今揃えられる分はカゴの中に入れました。そうですよね、二階堂さん？」

「うん。吉住が持っているカゴの中に全部入っていると思う。足りない分はまた買いにくればいいんじゃないかな？」

二人がそう言うのなら大丈夫だろう。そうしたら次はお会計だな。結ちゃん達はすでにお会計を済ませているので、ここが二手に分かれるチャンスかもしれない。

「吉住先輩はこれから支払いですよね？　なら私も一緒についてきます！　あ、八坂君は先に帰ってくれてていいよ？」

「ちょっと宮本さん？　これを俺一人に全部持たせるつもり⁉　それはいくらなんでもあんまりでは⁉」

「え、八坂君なら大丈夫でしょう？　むしろか弱い女子に持たせるつもり？　そっちの方があんまりだと思うけどなぁ……チラッ。吉住先輩なら楓ねぇや二階堂先輩に持たせるようなことはしないだろうなぁ……チラッ」

結ちゃんの安い挑発に八坂君がぐぬぬと悔しそうに唸《うな》り声をあげる。気持ちはわかるぞ、八坂君。どんなに荷物が重くてもそれを女子に持つのを手伝ってもらうのはプライドに関わるよな。しかもその相手が好きな相手が目の前にいるなら尚更《なおさら》だ。

「吉住先輩にご相談したいこともあるから八坂君は先に学校に戻っていいからね！」

「あっ、勇也君が残るなら私も残ります！」

「それじゃ私も……って言いたいところだけど私は荷物を持って先に帰るよ。吉住、あんまり遅くならないようにね？」

「可愛《かわい》い後輩の相談に乗ってあげるのも先輩の務めだろう？　大槻さんと伸二には上手《うま》いこと話しておいてくれたら助かる」

よし。これですべての問題はクリアされた。あとは八坂君と二階堂を二人きりにするだけだ。結ちゃんと目を合わせてこくりと頷《うなず》く。

「それじゃ八坂君。私は楓ねぇ達と一緒にレジに行くからあとはよろしくね！　ほら、吉住先輩、ぼぉっとしてないで行きますよ！」

結ちゃんが俺の手を取ってずかずかと歩き出したのを見て楓さんも負けじと腕に抱き着いてくる。そんな俺達を見て背後で二階堂が盛大なため息をついて、

「それじゃ八坂君。私達も行こうか。荷物、手伝おうか？」

「だ、大丈夫です！　これくらい余裕ですよ！　なんならもう一袋あっても大丈夫なくら

いです！」

なんて会話が聴こえてきた。

「フッフッフッ。計画通り。やりましたね、吉住先輩」

新世界の神でも目指すのか、結ちゃんはとても悪い顔でそう言った。ただ一人、状況をわかっていない楓さんだけ可愛くキョトンと首を傾《かし》げていた。

幕間《まくあい》 それぞれの文化祭①『二階堂哀と八坂保仁の場合』

I'm gonna live with you not because my parents left me their debt but because I like you

私こと二階堂哀《にかいどうあい》はバスケ部の後輩の八坂保仁《やさかやすひと》君と並んで歩いていた。

吉住《よしずみ》と一葉《ひとつば》さんを二人きりにしたら帰ってこないと思ったから買い出しについて行ったのに、まさか八坂君と二人で帰ることになるなんて。

結《ゆい》が余計な気を回したのは明らかだけど、吉住もそれに同調していた。きっと八坂君の態度を見て私に告白してきた相手が彼だと気付いたのだろう。

「あの二人……帰ったらただじゃおかないからな」

私は怨念のこもった声で呟いた。余計な気を回さないでいいからキミの隣を歩くことを許してくれ。なんていうのは私のわがままだな。

「す、すいません、二階堂先輩。荷物持つのを手伝ってもらっちゃって……それとなんかごめんなさい」

「八坂君が謝ることじゃないから気にしない。悪いのは結と吉住の二人だから。それにいくら八坂君が男の子でもこれだけの荷物を一人で持つには多すぎるからね」

申し訳なさそうに何度も謝る八坂君に私は笑顔で答えた。彼は見栄《みえ》を張りたいのかもしれないけれど、私が手伝ってあげたいと思ったのだから素直に好意に甘えてほしい。

「文化祭の準備は順調そうだね、八坂君。去年の私達とは大違いで羨ましいよ」

「ハハハ……まぁそれもこれも全部宮本《みやもと》さんのおかげですよ」

「生徒会長に直談判《じかだんぱん》してパーテーションの貸し出しを許可してもらったって話もそうだけど、結の行動力はすごいね」

「普段は前の席に座っている俺をからかって遊んでいるのに、文化祭の準備が始まった今ではまるで別人です。宮本さんがいなかったら今頃どうなっていたことか……」

そう言って八坂君は苦笑した。結は中学生の時にバスケ部でキャプテンをしていたそうなのでキャプテンシーは備わっているのだろう。そこに明るい性格とノリの良さ、さらに視野も広く、細かい気遣いも出来るのでみんながやる気になっているのだろう。そういう点で言えば秋穂《あきほ》と結はとても似ている。

「だからと言って結にばかり任せていたらダメだよ？　まぁ八坂君ならわかっていると思うけどね」

「はい。放っておくと一人で突っ走っちゃうんで誰かがブレーキ役にならないと……ホント、騒がしい友達です」
やれやれと肩をすくめる八坂君の顔は、しかしどこか楽しそうだった。

「俺達の話はこの辺にしておいて。宮本さんから聞きましたよ。二階堂先輩のクラスはメイド&執事喫茶をやるんですよね！」

「あぁ、うん。私が友達の秋穂に『一葉さんが喫茶店でメイド服を着てアルバイトをしている』って話したら〝これしかない！〟って言い出してね。色々準備が大変だよ」

「そ、それじゃもしかして……いや、もしかしなくても二階堂先輩もメイド服を着るんですか？　着るんですよね⁉　むしろ着てくれないと怒りますよ⁉」

赤面しながら八坂君が食い気味に尋ねてきて私は面食らった。しかも言っていることが中々に理不尽だ。どうして私がメイド服を着なかったら八坂君が怒るのか。

「だってメイド服と言えばコスプレの王道じゃないですか。二階堂先輩が着たら絶対に似合うと思うんです！」

「ちょ、八坂君⁉　いきなり大きな声で何を言い出すのかな⁉」

突然熱弁を振るい出した後輩に私は慌てふためく。必死に宥《なだ》めようとするが一度ついた火はそう簡単には消えてくれなかった。

「もちろん、二階堂先輩は執事服も似合うと思います。なにせ明和台《めいわだい》の王子様って呼ばれているくらいですからね。でもだからこそ逆に俺は二階堂先輩のメイド姿が見たいんです」

拳を作りながら熱く語る八坂君。まさかメイド服一つで彼がここまで熱くなるなんて思わなかったし、何よりキャラの豹変《ひょうへん》ぶりに驚きが隠せない。

「そもそもみんな二階堂先輩のことをカッコイイって言いますけど、それ以上に可愛いってことを知らないっていうのが腹立ちますね！」

「えっと……八坂君。そろそろ落ち着こうか？」

「笑った顔、怒った顔、拗《す》ねてむくれる顔。どれも可愛いのにどうしてみんな気が付かないんですかね。信じられません」

信じられないのはこんな往来で〝可愛い〟って連呼する八坂君の方だよ。吉住じゃあるまいし、勘弁してほしい。

「二階堂先輩がメイド服を着たらみんな気が付くはずです。明和台の王子様は実はお姫様だったんだって。日本一可愛い女子高生に選ばれた一葉先輩に匹敵するくらい可愛いんだって！」

「いい加減に落ち着け、八坂！」

恥ずかしさの頂点に達した私は思わず彼の頭に思い切り手刀を落とした。ドスッと鈍い音が鳴り、八坂君は頭を押さえてその場で蹲《うずくま》った。

「っくぅ……二階堂先輩、何もいきなりぶっ叩《たた》かなくてもいいじゃないですか。滅茶苦茶《めちゃくちゃ》痛いんですけど」

「八坂君が可愛いって連呼するのが悪いんだよ。二人きりの教室とか体育館ならまだしもここは道のど真ん中だよ？　時と場所を考えてくれるかな？」

「うぅ……二階堂先輩の言う通りです。二階堂先輩のメイド姿を想像したら暴走しちゃいました。ごめんなさい」

しょぼんと肩を落として謝る八坂君。そんな可愛い後輩の頭を私はポンポンと撫《な》でながら、

「でもありがとう、八坂君。すごく恥ずかしかったけど何度も〝可愛い〟って言ってくれたのは嬉《うれ》しかった。痛くしてごめんね」

「あぅ……反則ですよ、二階堂先輩……」

顔を真っ赤にして俯《うつむ》きながら、八坂君は絞り出したような声で呟《つぶや》いた。

夏休みに入ってすぐ、八坂君から告白された。その答えを何度も彼に言おうとしたけれど避けられていた。でもこのままじゃいけないよね。しっかり私の気持ちを伝えないと。

この文化祭はチャンスかもしれない。

「あっ、あの！　二階堂先輩にお願いがあるんですけどいいですか？」

すぅと八坂君が立ち上がり、きりっとした真剣な面持ちで尋ねてきた。不意を突かれる形となり、私は思わずこくりと頷いた。

「文化祭の二日目、俺と一緒に回ってくれませんか？　ほんの少しの時間でも構いませんから……どうかお願いします！」

そう言って八坂君はガバっと頭を下げながら右手を差し出てきた。花嫁を探すテレビ番組の公開プロポーズみたいなことを学校の目と鼻の先でしないでほしい。道行く人の好奇の視線が身体《からだ》に突き刺さる。吉住はいつもこの視線に晒《さら》されているのか。

「や、八坂君。みんなが見ているからとりあえず頭を上げようか？」

「いえ、二階堂先輩から〝はい〟か〝ＹＥＳ〟と答えを貰《もら》うまで上げません！」

「それだと私に拒否権はないんだけど……あとそこまでしなくても普通に言ってくれたらよかったのに」

「え？　それってつまり……どういう意味ですか？」

私が零《こぼ》した微笑に反応したのか、八坂君が驚いた様子で顔をあげた。そんな彼の頭を今度は乱暴にくしゃくしゃと掻《か》き撫でながら、

「文化祭、楽しみにしているよ。エスコートよろしくね？」

「――は、はい！　任せてください！　二階堂先輩に楽しんで頂けるよう、俺、頑張ります！」

「フフッ。ありがとう。でも一緒に楽しめるようにしないとね」

「俺は二階堂先輩と一緒に文化祭を回れるだけで楽しいですから大丈夫です！」

キリッとした凛々《りり》しい顔でサムズアップをする八坂君。もし彼が子犬だったら今ごろ尻尾はブンブン振られているだろう。彼の純真無垢《むく》な笑顔を見ていると元気が湧いてくるから不思議だ。

「さて、随分とのんびりしちゃったからそろそろ急ごうか。あんまり遅くなると吉住達のことを笑えなくなるからね。でもその前に一つ、八坂君に伝えておかなきゃいけないことがあるんだけど、いいかな？」

「？　はい。なんですか？」

無邪気に笑っていた八坂君の顔が強張《こわば》る。でも安心してほしい。キミへの想《おも》いはちゃんと文化祭の時に伝えるから。今から伝えるのは別のこと。それも八坂君にとっては朗報かな？

「一緒に文化祭を回る時、私はか弱いメイドの姿をしているからしっかり守ってね？」

ちなみに私が希望したのはミニスカ。私だって女の子だし可愛《かわい》いメイド服に憧れがないわけではないし、こんな機会じゃないと着ることはないと思ったのだ。

「憧れの二階堂先輩がミニスカメイドになる？　そんな人と俺は一緒に文化祭を回る？　え、マジ？」

「フフッ。残念だけどマジだよ。さぁ、呆《ほう》けてないで急いで帰るよ！」

「ちょ、二階堂先輩待ってください！　記念撮影がしたいとかツーショットが撮りたいとか色々聞きたいことがあるんですけど――」

八坂君の悲鳴にも似た声を聞きながら、私は駆け足で学校へと戻るのだった。

幕間《まくあい》 それぞれの文化祭② 『とある社長令嬢の場合』

I'm gonna live with you not because my parents left me their debt but because I like you

「へぇ……来週は明和台《めいわだい》高校の文化祭なんですか」

私こと千空寺《せんくうじ》貴音《たかね》は最早《もはや》行きつけとなった喫茶店【エリタージュ】で優雅なアフタヌーンティーを楽しんでいた。

「この時期になるとみんな準備に追われて忙しいのか、中々顔を出してくれないから寂しいのよねぇ」

「高校生にとって文化祭は一大イベントですから仕方ないですよ。私も毎日遅くまで準備したなぁ」

「でも今はそんなことより大事なことがあるわ。貴音ちゃん、まだ日本に戻ってきたことを勇也《ゆうや》君に連絡していないんでしょう?」

「ううっ。はい……この四年間、一度も連絡を取っていなかったのでいざ電話をしようと思っても何を話したらいいかわからなくて……」

素子《もとこ》さんには私と勇也の関係を話している。というかついうっかり口が滑って――勇也でさえ知らないことも含めて――色々話してしまった。

「そもそも何を話したらいいかわからないんですよね。ご両親がしていた借金で苦労しているのを知っていながら大丈夫だろうとほったらかしにして海外留学に行っていたら大変なことになっているのに何もしてあげられなかったし」

私の母方の祖父は勇也の両親が借金をしていた原津《はらつ》組の組長で、その縁があって私は彼と出会うことが出来た。

祖父と母の縁は完全に切れているので母の出自を知っているのは千空寺家では父を除けば他にはいない。組長と言うと聞こえは悪いが、私にとっての祖父は会うと必ずお小遣いをくれる笑顔の可愛い優しいお祖父《じい》ちゃんでしかなかった。

勇也のご両親が原津組からお金を借りていることを知ったのは私が中学生になってから。その頃はまだ少額だったけど自転車操業なのですぐに首が回らなくなるだろうと小さい頃から可愛がってくれていた大道貴《おおみちたかし》さんから教えてもらった。

だから私は祖父に取り立ては出来るだけ優しくしてもらうようにお願いした。それで大丈夫だと思っていたけど結局はダメだった。勇也のご両親は何度失敗しても反省も後悔もすることなく借金を重ねていった。挙句の果てに勇也を置いて海外逃亡だ。ただ祖父は私が勇也のことを可愛がっていたことを知っていたので悪くはしなかったと思う。

「でも結局勇也は楓《かえで》ちゃんに助けられてものすごく幸せそうにしているじゃないですか？　しかも巷《ちまた》ではメオトップルって言われるくらいにラブラブだって」

日本に帰国する直前、私は勇也が兄と慕っていた貴さんに電話をした。その時に事の顛《てん》末《まつ》と勇也が一葉《ひとつば》電機の社長令嬢の一葉楓ちゃんとお付き合いしているだけでなくすでに同棲《どうせい》していることを聞いた。【エリタージュ】のことを聞いたのもその時。まさか期間限定で楓ちゃんがアルバイトをしているとは思わなかったけど。

「それなら楓ちゃんが勇也に相応《ふさわ》しいかどうか確かめてやるぅ！　って息巻いたのはいいんですが、色んな人から話を聞けば聞くけど勇也のことを誰よりも大切にしているのがわかるし、何よりとっても可愛いんですよね」

「確かに楓ちゃんは可愛いわねぇ。勇也君一筋だし、勇也君も楓ちゃん一筋だし、ところ構わずイチャイチャするのは玉に瑕《きず》だけど、とってもお似合いの二人だと思うわ」

「私もそう思いますし、もう私の知っている勇也はいないんだって思うとちょっと寂しいんです」

言いながら私はテーブルにぺたんと顔をくっつけた。

勇也のことを男の子として好きかどうかと言われたらわからない。だって私にとって勇也は可愛い弟で、勇也にとって私は〝貴音お姉ちゃん〟でしかない。きっとお互いの時計の針はこの状態で止まっているはず。

「でもだからと言って連絡しないのは違うと思うわよ？　むしろ勇也君はあなたが今どうしているか気になっていそうだったくらいだし」

素子さんが言うには、勇也は一度だけこの店で私の話をしていたことがあったそうだ。その時に連絡がないことを嘆いていたらしい。

「でも素子さん。私は勇也が一番大変な時に何もしてあげられなかったんですよ？　お姉ちゃん失格じゃないですか？」

「ウジウジするくらいなら今夜にでも思い切って電話しちゃいなさい！　このまま会わないままだときっと後悔するわよ？　それとも、貴音ちゃんの知っている勇也君は数年ぶりに電話をしたら迷惑がるような器の小さな男の子なの？」

「そう……ですね。勇也は電話をしたくらいで怒るような子じゃないと思います。むしろ今まで連絡しなかったことを怒られそうです」

私は深く大きなため息とともに胸の中に痞《つか》えていたものを全て吐き出した。そもそも私が四年近くの間連絡をしていなかったのは一葉さんと同じようなことをするため。勇也の面倒は全部私が見てあげるからご両親のもとを離れて私と一緒に暮らしましょうと提案するためだ。この計画は残念ながら破綻してしまったけど、電話して会うくらいなら問題ないよね。

「色々ありがとうございます、素子さん。久しぶりに可愛い弟分に連絡してみます。面倒を見ていた姉として、彼の成長を確かめてみようと思います」

私の答えに、素子さんはどこか嬉《うれ》しそうに微笑《ほほえ》みながら頷《うなず》いた。素子さんにしてみれば成人しているとはいえ私はまだまだ手のかかる子供なのだろう。

「まぁ貴音ちゃんは見た目こそ立派な大人の女性だけど恋についてはまだまだお子様だからね。おばさんとしてはこの先心配よ」

失礼なことを言わないでください。私だって恋の一つや二つ経験していますし彼氏だって……できたことくらい……うん、年齢＝彼氏いない歴だ。

「ないでしょう？　見ていればわかるわよ。哀《あい》ちゃんといい貴音ちゃんといい、奥手でいるから楓ちゃんに勇也君を獲《と》られちゃうのよ？　好きと思ったらグイグイいかないと！　恋は戦争よ？」

「いやいや！　素子さん、私は別に勇也のことを好きだなんて思っていませんからね⁉　それに私くらいになると引く手あまたですから！」

「そう言うなら尚《なお》のこと勇也君と話すこと。後悔したことをそのままにして前に進んだら一生消えない傷になるわ。それだけはダメよ。いいわね？」

「……はい。ありがとうございます、素子さん」

この人には敵《かな》わないなとしみじみ思いながら、私はカップに残っていたアイス・カフェ・オーレを一気に飲み干した。

＊＊＊＊

滞在しているホテルに戻り、夕食とお風呂《ふろ》を済ませた私は、何度も深呼吸をして暴れる心臓を落ち着かせてから勇也に電話をかけた。連絡先が変わっていないことは貴さんに確認済み。あとは出てくれることを祈るだけ。

『──もしもし？　久しぶりだね、貴音姉さん』

「久しぶりね、勇也。元気にしてたかな？」

四年ぶりに聞いた勇也の声は声変わりをしていて凛々しくなっていた。でも昔のようにお姉ちゃんって呼んでくれないのは減点だね。そんな不満を表に出さず、昔のように頼りになるお姉ちゃんを装《よそお》いながら会話を続けた。

『色んなことがあって大変だったけど……元気かどうかで言えば元気だよ』

「貴さんから話は聞いてる。お父さんとお母さんの件、本当に大変だったね」

「まぁあの人達のことはもういいよ。それより貴音姉さんこそ元気にしてた？　アメリカの大学はどうだった？』

何を話したらいいかわからなくて悩んでいたのが嘘《うそ》みたいに私達の会話は昔のように弾んでいる。こんなことなら日本に帰って来てすぐ電話をすればよかった。

「楽しかったし、苦労はしたけど、色んなことが学べて充実した四年間だったわ。まぁ誰かさんは私の知らないところでとっても可愛《かわい》い彼女を作ってイチャイチャパラダイスをしているそうだけど？」

『……もしかしてタカさんから色々聞いてる？』

「もしかしなくても貴さん以外からもたくさん聞いたわよ。日本一可愛い女子高生とイチャイチャカップルで砂糖を周囲にばら撒《ま》いているんだってね？」

私がそう尋ねると驚いてゴホゴホとむせだす勇也。きっとパニックになっているであろう弟分に落ち着く暇を与えない。

「勇也の婚約者の一葉楓ちゃんと偶然アルバイト先で出会って少しお話ししたんだけどと

てもいい子よね。メイド服も似合っていたし、あんな可愛い子と一緒に暮らしていたらさぞ毎晩ハッスルしちゃうんじゃない？」

『……そっか。楓さんが言っていた〝アメリカの大学に通っているマルチリンガルなとても綺麗《きれい》で美人なお姉さん〟は貴音姉さんのことだったのか。というか日本に帰って来たならすぐに連絡してくれても良かったんじゃない？』

「あら、日本一可愛い女子高生にそう言ってもらえるなんて光栄ね。というか私の質問をスルーするなんて、勇也も大人になったわね」

昔は学校でどんなことがあったかを毎日教えてくれていたのに堂々と無視するなんてお姉ちゃんは悲しいぞ。

「でもすぐに連絡しなかったことは謝るわ。ごめんね、勇也」

『いいよ。こうして電話をくれたから。あと、仮に楓さんと毎晩ハッスルしていたとしても素直に答えると思う？　というか久しぶりに連絡が来て嬉しかったのにいきなり下ネタは勘弁してくれない？』

「だって気になったんだから仕方ないでしょう？　まぁ今日のところは楓ちゃんとのことは聞かないであげる。それより勇也。あなたの学校、来週文化祭なんだって？」

『そうだけど……え、もしかして貴音姉さん、文化祭に来るとか言うつもりじゃないよね？』

戸惑いながら勇也が尋ねてくる。その反応から察するに愉快なことをするつもりなのね？　来てほしくないならしっかり誤魔化さないとダメよ。

「素子さんから聞いたわ。文化祭は校内に知り合いがいれば誰でも入れるって。だから私も当日お邪魔するから、案内してくれない？」

『……嫌だって言ったら？』

「悲しくて涙が出ちゃう。そして遊びに行って楓ちゃんに勇也が小学生の頃におねしょしたことをばらす」

『喜んで案内させていただきます。でも長時間は無理だからね？　当番もあるし、何より楓さんと一緒に回る約束もしているから』

さらっと楓ちゃんとのデートの方が私より大事だって言ったな。なるほど、これがTPOをわきまえずにイチャイチャするメオトップルの片割れか。

「勇也は小さい頃から思ったことは素直に口にする子だったけど、まさかそれが女の子相手にも適用されるなんてね。私の知らない間に本当に大人になったんだねぇ。お姉ちゃん、寂しいぞ！」

『……電話、切っていい？』

「もう、冗談だってば！　勇也のクラスは何をするの？　遊びに行くから一時間だけでいいから案内して！　それならいいでしょう？」

電話の向こうで勇也が目頭を押さえながらため息をついている様子が想像できる。恋人が一番大事なのはわかるけど私はお姉ちゃんだぞ！　お姉ちゃんを大事にしない弟はダメだと思うよ？

『ハァ……わかったよ。久しぶりに顔も見たいし、話も聞きたいからね。あと改めて楓さんにも紹介するから。名前聞きそびれたって嘆いていたから』

「あぁ、言われてみれば私は名乗っていなかったわね。あれから【エリタージュ】には通い始めたけどその頃には楓ちゃんバイト辞めちゃってたし」

『まぁ一週間限定だったからね。もし貴音姉さんが良ければ楓さんの話を色々聞いてあげてほしい。楓さん、貴音姉さんと話してから今まで見つけられなかったものを見つけられたみたいだからさ』

そう話す勇也の声は聞いたことがないくらいとても優しく、楓ちゃんに対する慈愛の気持ちで溢《あふ》れていた。男子三日会わざれば、刮目《かつもく》して見よとはまさにこのことだ。勇也は男の子から立派な男性に成長していた。

「わかったわ。他でもない勇也の頼みだからね。私に出来る範囲でよければ相談に乗ってあげる」

『ありがとう、貴音姉さん』

「フフッ。それじゃ勇也、文化祭楽しみにしているわね。おやすみ」

『おやすみなさい、貴音姉さん』

こうして勇也との四年ぶりの会話は終わった。短い時間だったけど素子さんの言っていたように勇気を出して電話をして正解だった。

「文化祭当日が楽しみね。でもその前に洋服を買わないと！　ばっちり決めて私が大人の女になったことを見せつけてやるんだから！」

幕間《まくあい》・それぞれの文化祭③『一葉楓の場合』

I'm gonna live with you not because my parents left me their debt but because I like you

『あら、楓《かえで》。こんな時間に電話をかけて来るなんて珍しいわね。勇也《ゆうや》君とイチャイチャしなくていいの？』

現在の時刻は22時を少し過ぎたところ。お風呂にも入り終わったのでいつもなら寝るまでのんびりする時間だけど、私こと一葉《ひとつば》楓はお母さんに電話をかけていた。

「ついさっきまで一緒にお風呂に入っていたので十分イチャイチャしたから大丈夫。勇也君にも電話がかかって来たみたいだからタイミング的にちょうどいいかなって」

『すでに存分にイチャイチャした後ってわけね……まぁそれはいいとして、こんな時間に電話した要件は何かしら？』

盛大なため息をつきながら、

「聞きたいことが二つあるんだけど……まずはお父さんとのことで――」

お母さんにどうしても聞いておきたかったのは仕事と家庭の両立のこと。お互い仕事をしていると家で過ごす時間は減ってしまって寂しくならないのか。私ならきっと寂しくてたまらないと思う。その質問に対するお母さんの答えは、

『そうね。楓の言う通り、お互い仕事をしていると一緒に居られる時間が減ってしまうのは間違いないわ』

「寂しくないの？」

『もちろん寂しいわよ。でも私は一宏《かずひろ》さんのことを家でも仕事でも支えることが出来るから満足だし、何より一宏さんもそれを望んでいる』

どうしてそんなことがわかるのか。私がそう尋ねたらお母さんは苦笑を零《こぼ》した。

『それは一宏さんに聞いたからよ。結婚するなら家庭に入りましょうかって。そうしたらあの人はこう言ったの。〝桜子《さくらこ》さんは家の中でじっとしているより仕事をしている方が似合っているし、僕はそんなあなたが好きだ〟って。〝だから公私ともども、僕の支えになってほしい〟。あ、これプロポーズの言葉だったかしら？　恥ずかしいから忘れて頂戴』

「お母さんが堂々と惚気《のろけ》るなんて……まさかお父さんのプロポーズの言葉を聞かされるとは思わなかったよ」

『あら、あなたから話を聞いておいてその言い草はないんじゃない？』

「冗談だよ。教えてくれてありがとう。それじゃ聞きたいことの二つ目なんだけど、いい

かな？」

年甲斐《としがい》もなく拗《す》ねるお母さんに私は謝罪と感謝をしながら二つ目の――こちらが本命の――質問をする。

「どうしてお母さんは弁護士になろうと思ったの？」

『藪《やぶ》から棒にどうしたの？　楓がそんなこと聞いてくるなんて初めてじゃない？』

「私もね、お母さんみたいに勇也君を公私ともに支えるパートナーになりたいって思ったの。仕事で疲れて帰ってきた勇也君を癒《いや》すだけじゃなくて、一緒に〝一葉〟の名前を背負っていきたい。今のお母さんみたいに」

お母さんは弁護士として様々な企業と顧問契約を結んでおり、その中に一葉電機も含まれており、家の内外でお父さんには欠かせないパートナーになっている。数ある職業の中からいつ、どうして弁護士を選んだのか気になったんです。

『そういうことなら話してあげてもいいけど、私が弁護士を目指したのは不純な動機よ。それでもいいかしら？』

もちろん、と私が答えるとお母さんは滔々《とうとう》と語り出した。

最初は弁護士になるつもりはなかったわ。でもちょうど楓と同じ高校生くらいの時に法律に興味を持ったのよね。その理由は単純で、とても身近に大馬鹿者と秀才がいたからよ。

大馬鹿者は本当にどうしようもないクソッタレでいつか絶対にお金のことで苦労するだろうと思った。口を開けばちまちま働いて稼ぐよりドカンっと一攫千金《いっかくせんきん》を俺は狙うぜ！って言っていたからね。

対して秀才はまじめを絵に描いたような人でね。家業を継ぐことが決まっていたわ。自分の親や祖父が大事に守り育ててきた会社を自分の代で絶やさないように毎日必死に勉強をしていたわ。

そんな対照的な二人を間近で見ていて私が思ったのはお金のことで損はしたくないってことと、自分の身を守れるだけの武器を身につけようってことの二つ。それに一番適しているのが法律だと思ったのよ。

もちろん、その時の私は純粋だったから、もしクソッタレな男がお金のことで困ったり、秀才の彼の会社が困ったことになったら、法律を学んでおけば助けることが出来るかもしれないって考えてもいたわね。

我ながらそんな軽い気持ちで法学部に進んで、大学で勉強をしていくうちに興味がどんどん深まっていってね。気が付けば司法試験を受けて弁護士になっていたわ――

『――とまぁこんなところなんだけど、これでよかったかしら？』

「うん、大丈夫。ありがとう、お母さん。今の話に出てきた二人の男の人ってお父さんと勇也君のお父さんのことだよね？」

私の問いに対してお母さんは答える代わりにフフッと笑い声をもらした。腐れ縁だと聞いていたけどまさかお母さんが弁護士になったきっかけに勇也君のお父さんが絡《から》んでいたとは思わなかった。

『ところで楓。最近思い出したことがあるんだけど、あなたは小さい頃からたくさん習い事をしたわよね。英会話にピアノに習字……興味を持ったらすぐに挑戦したわよね』

「……いきなりどうしたの、お母さん？」

話の意図が見えなくて困惑している私をよそに、お母さんは昔を懐《なつ》かしむような楽しげな声で話を続けた。

『最近だと全国女子高生ミスコンなんかは最たる例よね。あの時は本当に驚いたわ。優勝した時はもっと驚いたけど。あなたのこの挑戦したがる本質は大人になっても変わらないと思うわ』

「お母さん、話の意図が見えないんだけど……？」

『公私ともに勇也君のパートナーになりたいっていうあなたの想《おも》いはもちろん応援する。

でもね、楓。それは何も今すぐでなくてもいいんじゃないかしら？　私だって弁護士になって一宏さんと顧問契約を結んだのは随分経《た》ってからだしね』

慌てることも、焦《あせ》ることもない。しきりに勇也君やお母さんが私に向けて口にしていた言葉に込められた本当の意味がようやくわかった。

「つまり……目先に捉われるんじゃなくてもっと長い目で考えて、色々なことに挑戦してもいい、ってことだよね？」

『そういうこと。経験は若い時から積んでおくに越したことはないわよ。例えば……そうね、せっかく英会話を習っていたんだし、海外の大学に進学して向こうで色々な会社を渡り歩くのはどうかしら？』

そう言えば【エリタージュ】で出会ったお姉さんもいずれ継ぐことになる会社の為《ため》、そして己の知見を広めるためにアメリカの大学に進んだと話していました。

『もしくは大学を卒業したら世界中を飛び回って仕事をしているメアリーのアシスタントに雇ってもらうのもいいと思うわ。そこで得た知識や経験は必ず勇也君の助けになるはずよ』

結《ゆい》ちゃんも憧れているメアリーさんと一緒に仕事をするなんて考えてもみなかったけど、そもそも私が英会話を習いたいと思ったのは他でもないメアリーさんがカッコよかったたからだ。もし一緒に仕事が出来たらと考えたら正直ワクワクします。でもそうすると勇也君と一緒にいられなくなるから辛《つら》いです。

『もちろんこれは一例に過ぎないし、決めるのは楓、他でもないあなた自身よ。そしてあなたが決めたことなら私達家族は尊重するし応援するわ。勇也君だって背中を押してくれるはずよ』

「……うん。ありがとう、お母さん」

『安心しなさい、楓。みんなあなたの味方で理解者よ。何かあったらいつでも相談に乗るから連絡してきなさい。それじゃ、おやすみ』

おやすみなさい、と返して電話が切れたのを確認してから、私は胸の中に溜《た》まっていたモヤモヤを深呼吸とともに吐き出した。

「挑戦……そうですね。私自身が成長しないことには勇也君を支えていくことは出来ませんよね」

天井を見上げながら自分に言い聞かせるように一人呟《つぶや》く。そのための道標はお母さんや【エリタージュ】で出会ったお姉さんが示してくれた。

「ぼんやりと浮かんでいる今の考えを、文化祭が終わったら勇也君に話さないといけないですね」

勇也君はどんな顔をするだろうか。楽しみですけど不安です。

第7話●文化祭一日目『襲来、千空寺貴音』

I'm gonna live with you not because my parents left me their debt but because I like you

慌ただしくも楽しかった準備期間が終わり、ついに文化祭当日を迎えた。衣装に着替えた俺達は、開門まで五分を切ったところで今日まで完璧な段取りでクラスを仕切ってきた我らがリーダー大槻《おおつき》さんを中心に円陣を組んで決起会を行っていた。

「いいかね、諸君。準備は万事問題なく進んだけれど本当の戦いは今日からということを忘れてはならない！　この二日間で打ち上げのお肉のランクが上がる。みんな、美味《おい》しいお肉が食べたいだろう⁉」

「「「美味《うま》い肉が食べたいぞおぉぉぉぉ‼」」」

アメリカへ行きたいかぁ！　みたいなノリで拳を突き上げる大槻さんとそれに同調するクラスメイト達に、楓《かえで》さんと俺は顔を見合わせて苦笑いをする。

この二日間、伸二《しんじ》の発案で俺達のクラスは店番関係なく宣伝も兼ねて全員メイド服、執事服を着ることになっていた。そのため楓さんもミニスカメイドにクラスチェンジをしており、髪の毛は珍しく結《ゆい》ちゃんのようにアップツインテールに纏《まと》めているので煽情的《せんじょうてき》な衣装の中に可愛《かわい》さが完璧に融合していた。

「勇也《ゆうや》君の執事姿も似合っていてとても素敵ですよ。耳元でボソッとでいいので〝お帰りなさいませ、お嬢様〟って言ってくれませんか？」

当然のことながら俺も執事服を着ているわけだが、これを見た楓さんや二階堂《にかいどう》を含めた女子達に何故《なぜ》か頬を赤くしながら黄色い悲鳴をあげられた。楓さんからは〝カッコイイです！〟と連呼されたがそんなに似合っているのか自分ではわからない。

「昼は女主人に仕えるイケメン執事。夜は主従逆転して女主人を優しく可愛がる狼《おおかみ》執事。ハァ、ハァ、ハァ……最高かよ」

涎《よだれ》を垂らしそうな勢いで頭の中で様々な妄想を展開させて口元をだらしなく歪《ゆが》める美少女メイド。結ちゃんが時々酔っ払い親父《おやじ》に変貌するのは楓さんに影響を受けたからだな。楓さんの場合はもう少し過激だけど。

「誰が狼執事だ。妄想が捗《はかど》りすぎだよ、楓さん」

「勇也君が悪いんですぅ。執事姿がカッコイイだけでは飽き足らず髪の毛もばっちりセットしてイケメン度が120％増しになっているんですから。色々想像を巡らせてしまうのは仕方のないことです！」

「一葉《ひとつば》さんの言う通りだよ、吉住《よしずみ》。今のキミはキミ自身が思っている以上にカッコイイよ。その格好で一葉さんと校内デートをしたら大変なことになるのは目に見えてる」

　会話に入ってきたのは二階堂だった。彼女もまた楓さんと同じくミニスカタイプのメイド服を着ているのだが、これがまた中々どうして似合っていた。

　楓さんの王道の白のブラウスに黒のスカートに対して、二階堂のスカートは楓さんと同じく黒ではあるが、ブラウスは光沢のあるダスティピンク。バスケで鍛えられた美脚を惜しげもなく披露していることも合わさって異性を誘惑する小悪魔感が漂っている。八坂《やさか》君の理性が耐えられるか心配になるな。

「一葉さんと二階堂さん、秋穂《あきほ》の三人に客引きは任せられないね。やった瞬間に多分パニックになるね」

　伸二が険しい顔で話しかけてきた。普段は可愛らしい子犬系男子の親友も執事服に合うように髪の毛をオールバックにしているので凛々《りり》しくなっている。

「俺もその意見に同感だ。明和台《めいわだい》の三大美少女がメイド服で可愛く着飾っているんだ。その三人が一緒に並んで呼び込みをしたら飛んで火にいる夏の虫の如《ごと》く男どもが寄って集《たか》って来るのは間違いない。どさくさに紛れてボディタッチをしてくる輩《やから》も現れるかも……」

「そういう客は悪・即・斬、だよね、勇也」

「もちろんだ、伸二。そんな輩に容赦はいらない。速攻で出禁にしてやる」

俺と伸二はガシッと固い握手を交わした。お互いの大切な恋人と友達を守るためなら俺達は鬼になることも厭《いと》わない。

「それを言ったら勇也君と日暮《ひぐれ》君が店の前で呼び込みをしていたら女性が殺到しちゃいますからね？　それこそ黄色い悲鳴が鳴り止《や》まないと思いますよ？」

「一葉さんの言う通りだよ、吉住。キミ達二人は客引き禁止。教室の中で接客だけをしていればいいよ」

二階堂の言葉にうんうんと高速で首を縦に振って頷《うなず》く楓さん。芸能人やアイドルでもあるまいし、俺と伸二にそこまでの影響力はないと思うけどな。伸二もそんなバカなと言いたげな表情だ。

「ちょっとそこの四人！　いい感じでクラスが一つにまとまろうとしているのに何を楽しそうに雑談をしているのかな⁉」

決起会をしている最中に好き勝手に話していたらプンプンと頬を膨らませた大槻さんに怒られてしまった。

「でも私も哀《あい》ちゃんの意見には賛成だよ！　ヨッシーとシン君は客引きをしちゃダメだからね！　これは女子生徒の総意だから！」

そうだ、そうだと同意の声が女子生徒から上がり、中にはこんな声も聞こえて来た。

『やるなら茂木《もぎ》君あたりが適任だよね！』

『茂木君なら可もなく不可もないしね！』

『接客で疲れるのに目の保養を逃がして堪《たま》るかぁ！』

茂木への風当たりが強くて可哀想《かわいそう》になってくるな。実際茂木は涙目になっているし。あと俺と伸二が目の保養になるのかどうかは藪蛇《やぶへび》になるので突っ込まない方がいいな。

「そういうわけだから二人は客引き禁止！　わかったね!?」

俺と伸二は顔を見合わせてから苦笑いを浮かべながらこくりと頷いた。だがそれで黙って終わるほど初代バカップルの片割れは甘くはなかった。

「僕と勇也の客引きがダメなら秋穂、一葉さん、二階堂さんの三人も客引きをしたらダメだからね!?　僕としては不本意だけど男子の総意だよ！」

「……なるほど。取引というわけだね、シン君。まぁ私はともかく楓ちゃんと哀ちゃんは客引きに出すつもりはなかったからその提案は受け入れるよ」

「僕としては秋穂に一番してほしくないんだけど……勇也じゃないからそれ以上は言わな

いよ」

いきなり引き合いに出されるのは甚だ不愉快ではあるが、楓さんに同じことを言われたら俺ならきっと〝楓さんを見知らぬ男どもに変な目で見られるのは我慢できない〟くらいは言っていたな。

なんてことを考えながらバカップルのやり取りを眺めていると開門を知らせるチャイムが鳴り響いた。

「げぇっ⁉ アホなこと話していたらチャイム鳴っちゃったよ！ と、とにかくみんな！この二日間、死ぬ気で頑張ろう！ 同じくらい文化祭を満喫しようね！」

「「「おぉぉぉぉぉぉお！！！」」」

バタバタしながら大槻さんが宣言し、拳を突き上げてから慌ただしく開店の準備を始めた。何とも締まらないスタートになったがこれもまた実に俺達らしい。

＊＊＊＊

開門してからしばらくすると俺達の教室はお客さんで溢《あふ》れかえった。コーヒーメーカーはフル稼働《かどう》し、女子の手作りクッキーは飛ぶように売れていく。満員御礼《おんれい》は嬉《うれ》しいことだが教室の外に長蛇の列が出来ているのを見ると頭が痛い。

「フッフッフッ。朝一で撮った集合写真を〝#明和台高校文化祭〟で投稿したのは正解だったみたいだね。この勝負、もろたで！」

注文されたコーヒーを取りに教室後方に設けたバックヤードに戻ると大槻さんがどこぞの高校生探偵の物まねをしていた。だがツッコミを入れるべきはそこではなく写真を投稿したという点だ。この混雑には理由があったのだ。

「決起会をする前に大槻さんが〝せっかくだからみんなで写真を撮ろうよ！〟と言ったのはそのためだったのか……」

「そうだよ！　でもまさかここまで反響があるとは。やっぱり文化祭と言えばメイドと執事がいる喫茶店だよね！」

呵々《かか》大笑する大槻さんの頭の中ではすでに大金を手にして高級焼き肉店でたらふく食べる未来が描かれているんだろうな。ぐへへと涎を垂らしているし。

「でも秋穂ちゃん、高笑いするのはいいですけどこの調子だと用意したクッキーやケーキ、早々に売り切れてしまいますよ？」

楓さんが苦笑いをしながらバックヤードにやって来た。ちなみに二階堂と伸二も表に出て接客をしている。

初日の開店から一時間だけは可愛いメイドさん（カッコイイ執事）がいる喫茶店があるから行ってみようと思わせるために大槻さんを除いた俺達四人はフル稼働することになっていた。その後は当番制を組んでおり、今日は俺と二階堂と楓さん。明日が伸二と大槻さんになっている。

「ケーキはまだしもクッキーとコーヒーを切らすのはまずいね。よし！　今から材料を先生に買ってきてもらって無くなる前に追加でクッキーを私が作るよ！」

「確かにそれならなんとかなると思いますが……秋穂ちゃんの自由時間が無くなっちゃいますよ？」

文化祭を楽しもうと言ったのは他でもない大槻さんだ。それなのに喫茶店の為《ため》に自分の時間を犠牲にするのが楓さんには耐えられないのだろう。

まだ文化祭は始まったばかりとはいえ非常事態に備えておく必要はある。だけどその手段に誰かの大事な時間を犠牲にするのは違う。

「大丈夫だよ、一葉さん。僕も秋穂と一緒にクッキー作りを手伝うから」

そんな楓さんの心配を払拭《ふっしょく》させたのは他の誰でもない、伸二だった。彼が戻ってきたのを見て大槻さんはニヤリと笑う。

「さすが！　シン君ならそう言ってくれると思っていたよ！　そういうわけだから私達のことは心配しないでいいからね！　まぁそもそも今すぐどうにかなる話でもないから無問題だよ！」

「秋穂ちゃんがそう言うなら……何かあったらすぐに言ってくださいね？　私も手伝いますから！」

楓さんが手伝うなら俺も手伝うぞ、と言いたいところだが接客人員を減らしすぎてもいけないので大人しく俺は執事役に徹するとしよう。そうじゃないと二階堂に散々嫌味を言われるだろうからな。

そんなことを考えていると、ズボンのポケットに入れていたスマホがぶるぶると震えた。確認するとメッセージが届いており、その主はこの前久しぶりに電話で話した貴音《たかね》姉さんこと千空寺《せんくうじ》貴音さんからだった。

今日貴音姉さんが遊びに来ることは楓さんには伝えていない。もちろん俺としては事前に伝えたかったのだが、貴音姉さんに驚かせたいから絶対に教えちゃダメと強く言われたのだ。

「ごめん。知り合いが着いたみたいだから迎えに行ってくるね」

「勇也君の知り合いなら私も一緒に行ってご挨拶をしないとですね！」

「すぐにここに来るんだからわざわざ一緒じゃなくてもいいんだけど……まぁせっかくだから一緒に行こうか。向こうも楓さんに会いたがっていたし」

サプライズを仕掛けていいのはサプライズを仕掛けられる覚悟がある人だけ。驚く二人の顔が目に浮かぶな。

「ヨッシーは休憩だからいいけど楓ちゃんはなるべく早く戻って来てね。イチャイチャして時間忘れたらダメだよ？」

「私を何だと思っているんですか、秋穂ちゃん！　大丈夫です、すぐに戻ってくるので安心してください！」

「ヨッシー絡《がら》みの楓ちゃんの〝安心してください〟は何一つ安心出来ないからしっかり手綱を握っておくんだよ、ヨッシー！」

さすが親友。楓さんのことをよくわかっていらっしゃる。さて、いつまでも話していたいところだがそろそろ行かないと貴音姉さんに怒られる。

一旦二人に別れを告げて、俺は楓さんの手を取って校門へ急ぐ。

俺が貴音姉さんと最後に会ったのはもう何年も前のことだし、楓さんには秘密にしているので頼るわけにもいかない。どこでどんな服装で待っているか聞いておかないとこの人だかりの中から貴音姉さんを見つけるのは至難の業なのだが――

「勇也君、見てください。すごい人だかりが出来ています！　誰か有名人でも来たのでしょうか？」

楓さんが指差した先は校門を入ってすぐのところ。サングラスをかけた一人の女性の周りに男女問わず多くの人が集まっているのが見えた。

その女性は亜麻色の長髪の持ち主で、白のTシャツにニットのカーディガンにスラックスを合わせたラフな装《よそお》いでありながら俺達よりも大人びた雰囲気を身に纏《まと》っていた。ヒールを履いているので身長は俺とそう変わらないすらりとしたモデル体型。腰は括《くび》れており楓さんや大槻さんに匹敵するほどの胸部装甲を有しているまさに絵に描いたような美人。

「あっ……勇也ぁ‼　こっち、こっち！」

そんな名も知らぬ妙齢の美女が俺の名前を呼び、手を振りながらぴょんぴょん飛び跳ねた。それに呼応して上下に激しく揺れる果実は大勢いる思春期の男子には猛毒だ。

「……ねぇ、勇也君。もしかしてお知り合いというのは見るからに美人なあの女性のことですか？」

微笑《ほほえ》みながら怒るという矛盾した表情を浮かべながら底冷えするような声で楓さんが尋ねてくる。このタイミングで俺の名前を呼ぶ年上の女性は一人しかない。俺は心の中で深

いため息をついてから女性の下へと歩み寄り、

「久しぶりだね、貴音姉さん。一瞬誰だかわからなかったよ」

「久しぶり、勇也。私かどうかわからなかったのは良い意味で？　それとも悪い意味かしら？」

女性はサングラスを外しながら人の悪い笑みを浮かべて尋ねてきた。うん、数年ぶりに会うのに意地の悪い質問をしてくるところとか変わってないな。

「もちろん良い意味に決まっているだろう？　昔から思っていたけど美人になりすぎだよ、貴音姉さん。まぁ楓さんには劣るけどね」

「いきなり愛《いと》しの彼女自慢をぶち込んでくるなんてやるじゃない？　というかどうしてここに楓ちゃんがいるのよ⁉　私の計画が台無しなんだけど⁉」

「あなたは【エリタージュ】で会ったお姉さん？　え、勇也君の知り合いってこの方だったんですか⁉」

いい具合に貴音姉さんも楓さんも驚いて混乱しているな。だが調子に乗って二人の様子を笑っているとあとでどんな仕返しをされるかわからないので次の行動へ移った。

「紹介するね、楓さん。この人は千空寺貴音さん。タカさんが年の離れた兄貴なら貴音さんは年の近い姉ってところかな。貴音姉さん、知っていると思うけどこの超絶可愛《かわい》いメイドさんは一葉楓さん。俺の大切な恋人です」

「ちょっと勇也君⁉　嬉しいですけどその紹介は恥ずかしいですよ⁉」

顔を真っ赤にしながらポカポカと俺の肩を叩《たた》く楓さん。でも可愛いのも大切な恋人なのも事実だろう？　それ以外になんて言えばいいんだ？

「んぅ……確かにこれは堪えるわね。いきなりイチャイチャおっぱじめないでくれるかしら？」

肩をすくめながら貴音姉さんに呆《あき》れた声で言われてしまい、楓さんの恥ずかしさは限界に到達して顔を両手で覆ってしまった。

「まぁそれはそれとして。千空寺貴音と言います。改めてよろしくね、楓ちゃん」

「は、はい！　一葉楓です！　こちらこそよろしくお願いします！」

簡単な自己紹介をしてから握手を交わす二人。今日一番のミッションはこれで完遂したと言っても過言ではない。残すはこの後一時間弱の貴音姉さんのエスコートだ。

「私の後ろをついて歩いてくるだけだった勇也がまさか日本一可愛い女子高生と将来を誓い合う仲になるなんてね。世の中何があるか本当にわからないわね」

貴音姉さんは感慨深い顔でしみじみと呟《つぶや》くが俺も時々同じことを未《いま》だに思う。でもそのたびに楓さんと並んで歩けるように頑張ろうとも思うのだが。

「まさかあの時のお姉さんが勇也君の知り合いだったなんて……そうだ、千空寺さん。連絡先を教えていただいてもよろしいですか？」

「ええ、もちろんよ。私も楓ちゃんともっと話がしたいと思っていたから。勇也のこと、色々聞かせてくれる？」

「はい！　私も千空寺さんに小さい頃の勇也君のお話が聞きたいです！　それ以外にも相談したいことがあるんですけどいいですか？」

「フフッ。私でよければいくらでも」

仲良く談笑しながら楓さんと貴音姉さんは連絡先を交換した。普通の会話をしているだけなのにそれが美女二人だと華があるよな。まるで芸能人を見かけたかのように男女問わずみんな足を止めて眺めている。スマホを構えようとする輩《やから》もいるが撮影はＮＧだからな？

「さて、それじゃ勇也。そろそろ行きましょうか。一緒に回れるのはこの一時間しかないんだからさくさく案内してよね？」

「わかってるよ。ごめんね、楓さん。貴音姉さんに文化祭を案内して来るから先に教室に戻っててくれるかな？」

いくら昔馴染《むかしなじ》みの貴音姉さんが相手だとしても、楓さん以外の女性と文化祭を回るのは気が引けるし、いつもの楓さんなら頬をフグのように膨らませて拗《す》ねることだろう。どうやって機嫌を直してもらおうかと考えていると、

「もう、いくら勇也君のことが大好きで独占したいと常々思っている私でも、久しぶりの再会を邪魔したりはしませんよ？　ええ、そんなの当然じゃないですか！　だから勇也君。今夜はたくさん甘えさせてくださいね？」

うるうると瞳を潤ませながら上目遣いでおねだりしてくる楓さん。うん、全然大丈夫じゃないね。やせ我慢すら出来ていないじゃないか。

「わかった。この分の埋め合わせは必ずするね。楓さんがしてほしいこと全部してあげる」

「言いましたね⁉　私のしてほしいことを全部してあげるって言いましたね⁉　言質《げんち》は取りましたよ！　たくさんおねだりするので覚悟してくださいね！　えへへ」

満面の笑みを浮かべながら楓さんはそう言った。可愛いのだが口元からよだれが零《こぼ》れ落ちそうになっているので減点だな。

「千空寺さん！　時間があれば私達のクラスがやっている喫茶店にも来てくださいね！　精一杯おもてなししますから！　それじゃ勇也君。私は先に戻るのでエスコート頑張ってくださいね！」

それでは！　と最後に言い残して楓さんは走って教室へと戻って行った。でも時折振り返って笑顔で手を振るので、俺はその背中が見えなくなるまで手を振り続けた。

「……ねぇ、勇也。私がいることを忘れてない？　それとも勇也は独り身の私を精神的に抹殺したいの？」

楓さんは拗ねなかったけどその代わりに隣に立っている社長令嬢のお姉さんがぷっくりと頬を膨らませて拗ねていました。

「話には聞いていたけど目の前で見せつけられるのは本当にしんどいわぁ。独り身だから余計にしんどいわぁ」

「むしろ貴音姉さんが独り身だってことの方が俺には信じられないんだけど……」

「久しぶりの再会で喧嘩《けんか》を売って来るなんていい度胸しているじゃない、勇也。お姉ちゃんは嬉《うれ》しいぞ！」

「あぁ……うん。なんかごめん、貴音姉さん」

どうやらこの美人なお姉さんに恋人の話をするのは特大の地雷だったようだ。でも楓さんに勝るとも劣らない美貌の持ち主である貴音姉さんに恋人がいないのは不可思議現象と言っても過言ではない。学園七不思議に相当するぞ。

「私の話はいいから早く文化祭を案内して！　この一時間だけは私専属の執事だってこと

忘れないでよね？」

「いや、いつから俺は貴音姉さんの専属執事になったんだよ……」

なるなら楓さんの専属だよ。なんてことを本人の前で言ったら何を要求されるかわからないから絶対に言わないけど。

「うるさい！　私の前で可愛い女の子とイチャイチャした罰よ！　ほら、楓ちゃんも言っていたようにしっかりエスコートしてね！　あとで全部楓ちゃんに報告するから！」

「いやいや、仲良くなるのが早くない？　あることないこと報告されても困るんだけど？」

「そうされたくなかったら一時間できっちり私のことを楽しませることね。期待しているわよ、勇也」

そう言いながら腕を絡《から》めてくる貴音姉さん。しかも口元を悪戯《いたずら》っ子のように歪《ゆが》めてこれ見よがしに身体《からだ》を密着させて来る。子供の頃によくこうやって歩いたなぁと普通なら思い出に浸るところだが勘弁してくれ。

「はいはい、子供じゃないから離れてくださいね。腕を組んで歩くサービスは楓さん以外にするつもりはないので」

「むぅ……いくら楓ちゃんのことが好きだからって久しぶりに会った姉貴分に対して辛辣

すぎじゃない？　お姉ちゃんは悲しいよぉ」

しくしくと泣き真似《まね》をする二十二歳。それを貴音姉さんのような美人がやると一緒に歩いている俺に非難の視線が集中するので勘弁してほしい。

「フフッ。どうしようか悩んでいる勇也を眺めているのも楽しいけれど、時間は有限。そろそろ行きましょう」

「はいはい。それじゃ案内させていただきますね、お嬢様」

「そこはもっと親愛をこめてほしいところだけどまぁいいわ。それで、どこに連れて行ってくれるのかしら？」

「貴音姉さんが絶対に喜ぶところだよ。昔から好きだよね、お化け屋敷《やしき》」

俺と貴音姉さんがまずやって来たのは結ちゃん達のクラスが催しているお化け屋敷だ。盛況のようで順番待ちをしている客も何人かいるし、教室の中からは悲鳴が漏れ聞こえてくる。これはきっと面白いに違いない。俺が期待に胸を膨らませているというのに貴音姉さんときたら――

「ね、ねぇ勇也。もっと他にも色々あると思うんだけど本当にここに入るの？　冗談よね？」

「いや、俺は至って本気だよ。昔から好きだったよね、お化け屋敷。遊園地に遊びに行ったら必ず入っていたし」

今でこそ俺はあまり怖くなくなったが、小学生の頃の俺はお化け屋敷が苦手だった。それなのに貴音姉さんに無理やり手を引かれて何度涙を流したことか。

「文化祭だよ⁉　クレープとか焼きそばとか食べ歩きするとか色々あると思うんだよね、私は！」

「それはお化け屋敷の後でも出来るだろう？　それにここのお化け屋敷は知り合いがやっているから入りたいんだよ」

必死に抵抗する貴音姉さんの手を無理やり引いて俺は列の最後尾に付いた。楓さんと一緒に来ることも考えたけど、そうしたらきっと結ちゃんに〝メオトップルは帰れ！〟って門前払いを食《く》らうかもしれないからな。

「おやおや？　そこにいるのは吉住先輩じゃないですか！」

噂《うわさ》をすればなんとやら。受付をしていた制服姿の結ちゃんが早速声をかけてきた。

「楓ねぇでもなければ二階堂先輩でもない別の女の人と一緒とは……さすがですね、吉住先輩。モテる男は違いますね！」

「別にそういうわけじゃ……というか結ちゃんが受付やっているなんて意外だね。てっきりお化け役で脅かしに来ると思ってた」

「お化け役もしたかったんですけど、こう見えて私はクラスの責任者ですからね。何かあった時にすぐに対処できる受付係は最適なんです」

結ちゃんがクラスの責任者なのは意外だけど、それを言ったら俺達のクラスをまとめているのは大槻さんだからな。普段はふざけてばかりいる子は祭事になったら真面目にしっかり取り仕切るものなのか？

「そんなことより吉住先輩。そちらの亜麻色の髪の美人さんはどちら様ですか？　吉住先輩は一人っ子ですよね？　もしかして楓ねぇという超絶可愛《かわい》い恋人がいながら浮気《うわき》をしているんじゃや――――」

ギロリと睨《にら》みつけてくる結ちゃんに俺が弁明するよりも早く貴音姉さんが口を開いた。

「心配しなくても勇也は楓ちゃん一筋よ。それこそ私の付け入る隙がないくらいにね。目の前でイチャイチャされて大変だったわ」

「……結ちゃん、この人は千空寺貴音さん。俺が小学生の頃からの知り合いで海外の大学を卒業して久しぶりに日本に帰って来たんだよ。

貴音姉さん、この子は宮本《みやもと》結ちゃん。楓さんにとって妹みたいな子で、この綺麗《きれい》な金髪は英国人のお母さん譲りなんだよ。あとバスケがすごく上手《うま》くて中学の時に全国大会に出場したこともあるんだって。すごいだろ？」

　俺が二人のことを紹介すると、結ちゃんはぺこりと頭を下げ、貴音姉さんは顎に手を当てて興味津々《きょうみしんしん》な様子で結ちゃんのことをじっと見つめる。

「なるほど、だから日本人離れした容姿しているのね。それにしても綺麗な金髪に空色の瞳ね。お持ち帰りしてもいいかしら？」

　鼻息を若干荒くしながら結ちゃんに迫る貴音姉さんの頭に容赦なく手刀を下ろす。まったく、可愛い物好きなところも昔から変わってないな。いつもなら迫る側の結ちゃんがびっくりして俺の背中に隠れながら震えた声で尋ねてきた。

「よ、吉住先輩……このお姉さんはもしかして危ない人ですか？」

「あぁ……うん。俺もなんか危ない人な気がしてきた」

「ちょっと勇也⁉　少しはフォローしてくれてもいいんじゃないかしら⁉」

　ごめん、貴音姉さん。初対面の女の子に対していきなりお持ち帰り宣言する人をフォローする術を残念ながら俺は持ち合わせていない。

　そうこうしているうちに列は進んでいき俺達の番がやって来た。この期に及んでぐずる貴音姉さんの背中を無理やり押して中へと入る。所詮一年生主催のお化け屋敷だ。そんなに怖いはずがない。そう思っていた時期が俺にもありました。

＊＊＊＊

「信じられない……あれが高校一年生の運営するお化け屋敷だっていうの？　そこらへんのお化け屋敷よりも断然怖いじゃない……」

「まさかあれ程までとは俺も思わなかった。結ちゃんの本気を見た気がする」

あまりの恐怖に俺と貴音姉さんは叫びすぎて体力を大量に消費して、今は校庭に設けられているベンチに座って休んでいた。

「本当はもっと色々回りたかったのにお化け屋敷だけでお腹《なか》いっぱい。それもこれも嫌がる私を無理やり連れ込んだ勇也のせいだからね？」

「言い方に悪意を感じるんだけど⁉　まさか貴音姉さんがお化け屋敷が苦手だったなんて知らなかったんだからしょうがないだろう？」

「私だって怖かったけど、それ以上に勇也が怖がって私に抱き着いてくるのが可愛かったから入っていただけなの！　そうじゃなくなったらお化け屋敷なんて怖くて入りたくないわよ！」

夜にトイレ行けなくなるかも、なんて涙声で情けないことを呟《つぶや》く貴音姉さん。よくそれで一人異国の地で四年間も勉強しながら生活出来たよな。そっちの方が怖くないか？

「それとこれとは話は別よ。確かに最初は不安でいっぱいだったけど自分で選んだ道だからね。怖いとか言っている暇はなかったわ」

「疑問に思っていたんだけど、そもそもどうして貴音姉さんは日本の大学じゃなくて海外の大学を選んだの？」

「そうね……深い理由があるわけじゃないんだけど、高校生の頃の私は自分の知らない外の世界に憧れていたの。遅れてやって来た中二病ね」

自虐的に話す貴音姉さんの話を俺は黙って聴いていた。いずれ〝一葉〟の名を継ぐ身として、貴音姉さんの考え方や将来についてどう考えているか興味があった。

「世界を知るためには直接行かないとダメだと思ったから海外の大学を選んだのよ。それにうちの会社——千空寺グループも海外進出を検討していたというのもあるわ。いずれ千空寺グループの舵取《かじと》りをすることになる以上、国内だけに目を向けていてはダメだと思ったのよ」

「……だから貴音姉さんは海外の大学を選んだのか。ハァ……やっぱり貴音姉さんは凄《すご》いや。俺はそこまで先のことを見据えた考え方は出来ないよ」

思わず俺は重たいため息をついて肩を落とした。想像はしていたけど、目の前のことで手一杯になっている俺とは雲泥《うんでい》の差がある。もし楓さんが隣にいたら〝落ち込むことはないですよ、勇也君！〟と慰めてくれるだろうが落ち込まずにはいられない。

「こんなの比べることじゃないわよ。それに私の考え方は相当特殊よ？　むしろ真似したらダメな部類ね」

そう言って笑いながら貴音姉さんは俺の肩をポンポンと叩《たた》いた。やっぱりこの人にはまだまだ敵《かな》いそうにない。

「それじゃ勇也。今度は私からあなたに聞きたいことがあるんだけどいいかしら？」

「？　もちろんいいけど、俺に答えられる範囲で頼むよ」

「フフッ。大丈夫。そんな難しい質問じゃないから。ねぇ、勇也。あなた今、幸せ？」

「……え？」

真剣な声音で何を聞いてくるのかと思えば俺が幸せかどうかだって？　脈絡がないにも程がある。俺がなんて答えようか悩んでいると、貴音姉さんはどこか寂しそうな表情で話を続けた。

「私は勇也のお姉ちゃんだったのに、勇也が一番大変な時に何もしてあげられなかったからね。私がもっと気にしていれば家族が離れ離れになることはなかったと思うの」

「それは……貴音姉さんのせいじゃないよ」

「いくら楓ちゃんみたいな可愛い女の子と一緒に暮らしていると言っても勇也はまだ高校生。家族と一緒に暮らすべきだと私は思う。もし勇也が望むなら私が――――！」

「貴音姉さんとはいえ、それ以上言ったら怒るよ」

皆まで言い切る前に俺は思わず強めの語気でしかし静かな声で話を遮った。貴音姉さんは驚きながらもまだ何か言いたそうにしているが、俺は問いかけについて答えることにした。

「俺の家族がバラバラになったのは他の誰でもない、俺達家族全員の責任だよ。失敗ばかりで借金ばかりするクソッタレな父さんとそれを止めようとしない母さん。そんな二人に対して俺は何も言ってこなかった。その結果が二人の海外逃亡に繋《つな》がったんだよ」

「それでも……もし私が勇也の家族の状況をきちんと把握していればいくらでも手は打てたはずなの。それなのに……家族に二度と会えなくなったのに勇也は幸せなの？」

瞳に涙を溜《た》めながら貴音姉さんは静かに尋ねてきた。あんな状況になる前に貴音姉さんに何が出来たかわからない。出来たことといえばタカさんにお願いすることくらいだろうけど話はそこで止まるような状況ではなくなっていた。だからこそあの日、あの二人は俺を置いて海外に逃げたのだ。

「俺にとっての家族は楓さんであり、そのご両親の桜子《さくらこ》さんや一宏《かずひろ》さんだよ。もうあの二人は関係ない」

「勇也……」

「そのことで貴音姉さんが責任を感じることはない。それにね、貴音姉さん。楓さんと一緒にいると本当に毎日が幸せなんだ。それこそ楓さんと一緒じゃない未来はもう考えられないし考えたくないくらいにね」

ふと楓さんの笑顔を思い浮かべると、強張《こわば》っていた顔の筋肉が緩んでいくのが自分でもわかる。

「貴《たかし》さんから勇也のことを聞いてからずっと心配で何もしてあげられなかったことを後悔していたんだけど……本当に大丈夫みたいね」

言い終わり、長いため息をついてから貴音姉さんは柔和な笑みを零《こぼ》した。

「そういうこと。俺は大丈夫だから、心配しないで。むしろ心配なのは貴音姉さんの方だよ。恋人いない歴＝年齢はそろそろまずいんじゃない？」

「なっ⁉　なんてこと言うのかしら⁉　大分失礼よ、勇也！　私がその気になれば彼氏の一人や二人くらいすぐに出来るんだからね！　本当だからね⁉」

怒って顔を真っ赤にしながらポカポカと叩いてくる貴音姉さん。あなた本当に成人した大人の女性ですかと尋ねたくなるくらい可愛い反撃だ。あとその言い草だと貴音姉さんに恋人は当分出来ないだろうな。

「ハァ……貴音お姉ちゃんって呼んでくれた可愛い勇也はもういないのね。私を置いて大人になるなんて薄情な弟ね」

「早く弟離れしてくれよ、貴音お姉ちゃん」

「うぅ……馬鹿にしたなぁ⁉ お姉ちゃんは傷ついた！ 泣かれたくなかったら今すぐタピオカミルクティー買って来て！」

駄々っ子のように喚《わめ》きながら手足をバタつかせる貴音姉さん。やれやれ、いい大人が暴れないの。流行《はや》りは過ぎているがどこかのクラスが売っていたはず。俺は肩をすくめながら重い腰を上げた。

「えへっ。ありがとう、勇也」

行ってらっしゃいと笑顔で見送られ、俺はわがまま姉貴のご所望の品を求めて校内へと戻った。昔は俺のために自販機でジュースを買ってくれた優しい貴音お姉ちゃんはもういないのかと思うと悲しくなるな。

それからおよそ十分後。人気が衰えていないことを見せつけるような長蛇の列に並んでやっとの思いでタピオカミルクティーを購入してベンチに戻った俺にかけられたのはねぎ

らいでも感謝の言葉でもなく、

「もう！　遅いよ、勇也！　私のお願いをほったらかして楓ちゃんとイチャイチャしていたんでしょう⁉」

「……よし。そろそろ帰れ、馬鹿姉貴」

思わず苦労して買ってきたタピオカミルクティーを握りつぶしたくなった。

「罰としてこれから勇也のクラスの喫茶店に行くよ！　可愛《かわい》いメイドちゃんにたくさんご奉仕してもらうんだから！　もちろん勇也にもしてもらうからそのつもりでね！」

俺は全力で逃げ出そうとしたがあえなく摑《つか》まり、引きずられるようにして二年二組の教室へ連れていかれた。

その後は本当に悲惨だった。貴音姉さんの登場に喫茶店内は一時騒然としたし、貴音姉さんに完璧な執事を強要されるわ笑い倒されるわで俺のライフはゼロなのに、トドメに記念写真と称してツーショット写真まで撮らされた。

酷《ひど》い目にあったけど、でも久しぶりに再会できて楽しかった。

第8話 ● 文化祭二日目『それぞれの文化祭デート』

I'm gonna live with you not because my parents left me their debt but because I like you

楓《かえで》さんや二階堂《にかいどう》の活躍で初日は閉会のアナウンスが流れるまで客足は途絶えることなく大盛況で終わった。案の定クッキーやコーヒー豆は足りなくなったが、そうなることを見越して準備をしておいて正解だった。

「えへへ。今日は一日満喫しましょうね、勇也《ゆうや》君！」

そして迎えた二日目。俺と楓さんは執事とメイドの格好こそしているが一日非番なので思い切り羽を伸ばす予定だ。もちろん昨日のようにイレギュラーが発生すれば対応するけど、食材が無くなったらその時点で店仕舞《みせじま》いにすると大槻《おおつき》さんは言っていたので問題は起きないだろう。

「まずは結《ゆい》ちゃんのクラスのお化け屋敷《やしき》ですね！　相当怖いという話なので楽しみです！　その後は焼きそばとかクレープを食べながらグラウンドで行われているイベントをのんびり眺めましょう！」

「出来ることなら校内の静かな場所からグラウンドを眺められたらいいんだけどね。空いている教室、どこかないかな」

「フフッ。それはどういう意味ですか、勇也君？」

妖しい笑みを口元に浮かべながら楓さんが身を寄せてくる。何を考えているか手に取るようにわかるけど別にいかがわしいことをするつもりはないからね？

「本当にそうですか？　二人きりになれる静かな場所を探してあんなことやこんなことをしたいとかではないんですか？　みんなが文化祭を楽しんでいる中で情事に耽《ふけ》るなんて……えへへ。最高かよ」

「確かにそれはそそるものがあるけど違うからね？　メイド服の楓さんを大勢の人がいるグラウンドに連れて行きたくないだけだからね？」

制服を着ていても十二分に可愛い楓さんが露出の多いミニスカのメイド服を着ているのだ。昨日は教室の中で接客をしているだけだったので衆人環視の目に晒《さら》されることはなかったが今日はそうはいかない。

歩き回れば回るほど人の目に触れるし、声を掛けられるだけならまだしも場合によっては写真撮影を求められるかもしれない。俺の目が黒いうちは絶対にそんなことはさせない。

「それってつまりどういうことですか？」

「つまりメイドな楓さんを独占したいってことです。本音を言えば、金を積まれても他の男に見せたくないんだよ」

俺は顔を逸《そ》らしながらぶっきらぼうに言った。恋人を他の男に見せたくないなんて我ながらわがままなことだと思うが、それもひとえに普段は見る機会のない姿をしているからこそ。メイドさんの魔力、恐るべし。なんてことを考えていたら楓さんが俺の袖をグイッと引っ張って顔を耳元に近づけて、

「もう……言われなくても私は勇也君だけのメイドさんですよ？　ですから今夜は、みんなの知らない勇也君だけの特別専属メイドになってあげましょうか？」

甘くて熱い声で囁《ささや》かれ、おまけにふぅと吐息を吹きかけられてゾクッと背筋に電流が奔《はし》る。一日は始まったばかりだというのに、夜のことが気になってしょうがないんだけど⁉

「フフッ。二人だけの特別で濃密な打ち上げをしましょうね？　期待していてください」

「う、うん……でもほどほどでお願いね？　俺の理性君が死滅しない程度で」

「それは約束出来かねます。では勇也君。夜の話はこの辺にして、目の前の文化祭を思い切り楽しみましょう！　いざお化け屋敷へ突撃です！」

楓さんは俺の手を取って結ちゃんが待つお化け屋敷に向けて走り出した。メイドと執事が廊下を走り階段を駆け上がるのを見て、すれ違う人達は思わず足を止めて息を飲んでい

るが一切気にせず、俺達は一目散に結ちゃんプロデュースのお化け屋敷会場を目指した。

「なんですか、今日も来たんですか、吉住《よしずみ》先輩。しかもメイドな楓ねぇと一緒とか私に対する当てつけですか？」

着くなり速攻で悪態をついてきたのは昨日と同様に受付をしている結ちゃんだった。もしかして今日も一日受付係をするつもりか？

「午前中だけですよ。午後からは私もふらふらする予定です。と言っても八坂《やさか》君と二階堂先輩の様子をストーキングして終わりそうですけどね」

何食わぬ顔でとんでもない発言を結ちゃんがするので楓さんは苦笑し、俺は呆《あき》れて肩をすくめた。

「そこは二人の為《ため》にそっとしておいてあげた方がいいと思いますよ？」

「甘いよ、楓ねぇ。私には二人を見届ける義務があるんだよ。なにせ八坂君のケツを蹴っ飛ばしたのは私だからね！」

まぁ二階堂先輩もだけど、とボソッと呟《つぶや》いたのを俺は聞き逃さなかった。決断したのは他でもない二階堂だから、結ちゃんに対してどうこう言うつもりはない。

「ほどほどにするんですよ？　二人の時間を邪魔したらダメですからね？」

「大丈夫、気付かれないようにちゃんとするから！　それより楓ねぇ、心の準備は出来てる？　吉住先輩は一度体験しているから大丈夫だと思うけど、覚悟してね？」

「フッフッフッ。私のことなら心配無用です！　勇也君が隣にいる限り私は無敵ですから！　今なら日本一怖いお化け屋敷にだって突撃出来ちゃいますよ！」

ぐっと拳を作って息巻く楓さんだが、もし俺が隣にいなかったらどうなってしまうのか興味があるが、それを実行に移したら多分泣きながら怒られるな。

「その自信がいつまで続くか楽しみです。吉住先輩、楓ねぇのことよろしくお願いします」

「……善処します」

二度目だけど怖いモノは怖いんだよ。

そんな俺の気も知らないで、楓さんは結ちゃんに二人分の入場料を払って意気揚々と中へと入る。

中は懐中電灯などがなくても歩ける程度の仄暗《ほのぐら》さで、恐怖を演出するためか秋だというのに冷房をフルパワーで稼働《かどう》させているので肌寒い。特に楓さんは肌の露出が多いメイド服だからすでに小刻みに震えている。

「えっと……ここは病院で、子供に絵本を届けに行けばいいんですね？」

入ってすぐのところに置いてある本を手に取る楓さん。病院に入院している子供にその子が大好きな絵本を届けて上げるというのがこのお化け屋敷の設定だ。でも実はこの病院はとうの昔に潰れており亡霊達の住み家となっている。抜け出すにはその絵本をこの場所の主である子供に届けなければならない。それが出来なければ――。

「どんとこい、超常現象です！　勇也君、前に進みましょう！」

どこぞの教授の名台詞《ぜりふ》を力強く言っても身体《からだ》をブルブル震わせていたら意味はないよ。その震えは寒いからだけじゃないよね？

「そんなことありませんよ⁉　さぁ、勇也君。私の手をしっかり握ってください！　絶対に離したらダメですからね！」

そんな涙声で言われたら可愛くて意地悪したくなるけど、そこはぐっと堪《こら》えて俺は楓さんの手をしっかりと握り締める。楓さんが大きく深呼吸をしてからゆっくりと歩き出したその瞬間――

「カ――エ――レ――」

どこからともなく現れた血みどろの看護師が底冷えするような声を発しながら楓さんの肩を後ろからガシッと摑んだ。

「きゃあぁぁあああああ――――！！？」

不意打ちに驚いた楓さんは教室の外まで聞こえるような大きな叫び声をあげながら俺に

抱き着いてきた。これには俺も看護師お化けも予想外で思わず固まってしまった。看護師お化けさん、普通ならそこは走って逃げ出すところですよね？　なんでイチャつき出すんですか？　と言いたげな視線を向けないでくれ。俺だって柔らかい感触に困惑しているんだよ。

「うぅ……やっぱり怖いです。勇也君、私は目を瞑《つぶ》って歩くことにします！　次にお化けが出て来たら腰が抜けて歩けなくなるかもです」

「怖いなら無理して入ることないのに……」

「だって勇也君と一緒なら大丈夫と思ったんだもん。あとは……吊《つ》り橋《ばし》効果？」

それは恋人になる前の男女が期待する効果じゃなかったかな？　あと目を瞑って歩くにしてももう少し離れてくれないと歩きづらくないか。

「無理ですっ！　勇也君にギュッてしていないと歩けません！　だからこのまま行きます！」

「……わかった。それじゃゆっくり歩いていくからね」

俺は手持ち無沙汰にしていた看護師お化けさんに謝罪の意を込めて頭を下げた。ホント、うちのメイドがすいませんでした。

「……メオトップル、カエレ」

怨念の言葉を吐き捨てて、お化けはすぅと姿を消した。なるほど、通路は全てパーテーションではなく布の箇所もあるのか。その隙間から音もなく現れたのか。

「ど、どうしたんですか、勇也君？　早く行きましょうよぉ……」

お化け登場のからくりに気が付いたところで、メイドさんが泣きそうな声で懇願してきた。ポンポンと頭を撫《な》でてから出口を目指して歩き出す。

しかしこの後は一人のお化けと遭遇することもなく、すんなりとゴールにたどり着いてしまった。外に出ると腕を組んだ結ちゃんが仁王立ちで待ち構えており、

「お化け屋敷で砂糖をばら撒《ま》かないでくれるかなぁ⁉」

と怒られてしまいました。ちなみに余談だが、楓さんはお化け屋敷を出てからしばらくするまで俺の腕から離れてはくれなかった。おかげで男性からは怨嗟《えんさ》の視線を、女性からは羨望《せんぼう》の眼差《まなざ》しを向けられていたたまれなくなった。

＊＊＊＊＊

吉住は今頃一葉《ひとつば》さんとイチャイチャしながら文化祭デートを満喫しているのだろうか。いつも一緒にいるんだし、一時間でいいから私にも貸してくれないかな。なんてくだらないことを考えながら私、二階堂哀《あい》は壁に寄り掛かって一人の男の子を待っていた。

「これから八坂君と一緒に文化祭を回るのに吉住のことを考えるのは彼に失礼だよね」

自嘲しながらため息をついてから、私は周囲を見渡して健気《けなげ》な後輩君を探すが如何《いかん》せん人が多すぎる。しかも先ほどから私の方を見ながらヒソヒソと話をしている男子達がいるので気分もあまりよくない。その原因は間違いなく今着ている衣装の所為《せい》だろうが。

「……早く来てよ、八坂君」

見知らぬ人に声を掛けられたくないので睨《にら》みを飛ばして威圧するがそれにしても遅い。待ち合わせ時間を指定したのは八坂君の方なのに遅れて来るなんて。これは説教をしないとダメだね。

「遅くなってすいません、二階堂先輩！」

そろそろ私の睨みも限界に達しようとした頃、ようやく八坂君がやって来た。急いで走ってきたのだろう、肩で息をしながら額には汗が滲《にじ》んでいるし制服も随分と乱れている。

「もう、私だからいいけど女の子を待たせたらダメだよ、八坂君？　あとちゃんと制服は着ないと怒られるよ？」

「ホント、遅くなってすいません。お化け屋敷《やしき》の当番が思ったよりも長引いてしまって……」

「ドタキャンされたと思って心配したけど、そういうことなら仕方ないね。嫌な言い方してごめんね」

「せっかく憧れの二階堂先輩と文化祭を一緒に回れるのにドタキャンするわけないじゃないですか！　って、そんなことより！　メイド服、めちゃくちゃ似合っていて可愛《かわい》いです！」

目をキラキラとさせながらド直球に純度１００％の感想を口にする八坂君。そこまで言ってくれるのは嬉《うれ》しいけどちょっと恥ずかしい。

「メイド服って白のブラウスに黒のスカートってイメージがあるんですけど、ダークなピンク色っていうのがすごくおしゃれです！　二階堂先輩の凛々《りり》しさを損なわず、それでいて可愛さもしっかり出ていると思います！　こんなメイドさんにお世話されたら幸せだろうなぁ……」

「あぁ、八坂君。気持ちは嬉しいけど願望が駄々洩《も》れなのはなんとかしようか？　というか今日はキミが私をエスコートしてくれるんだよね？　任せて大丈夫？」

私が呆れながら尋ねると八坂君は顔を真っ赤にしながら我に返った。まぁ私も吉住の執事服を見て同じようなことを想《おも》ったから気持ちはわからなくないけど。

「はい、大丈夫です！　任せてください！　って言えたらカッコイイんですけど……俺、二階堂先輩の好きな食べ物とか知らないので……」

「なるほど。つまりノープランってことかな？」

「お恥ずかしい限りです、はい」

ごめんなさいと謝りながら八坂君はしゅんと肩を落として落ち込んだ。そんな彼を見ていると素直で可愛い子だなと思うと同時に庇護《ひご》欲《よく》をそそられる。甘やかすのとは少し違うけどついつい頭を撫でたくなる。

「フフッ。キミのそういう素直なところ、嫌いじゃないよ。それじゃ今日は私が好きな物を一緒に食べに行くってことでいいかな？」

「――はい！　二階堂先輩の好きな物、たくさん教えてくれたら嬉しいです！」

「よし。そうと決まればまずはクレープ屋さんに行こうか。毎年バレー部が出すクレープは絶品って有名なんだよ」

私と並んで歩く八坂君の横顔はとても嬉しそうで幸せそうで。そんな彼に私はこの後、夏の告白の返事をしないといけないと思うとチクリと胸に痛みが走る。こんな思いを吉住はしていたのだろうか。

「……二階堂先輩の答えはわかっています。でも今は俺を……俺だけを見てくれませんか？」

「八坂君……」

「せっかく楽しい文化祭なんですから笑って過ごしましょうよ！　さぁ、早く行きますよ！　クレープでもアイスでも何でも俺がご馳走《ちそう》しますから！」

わざとらしく八坂君は明るい声で言いながら私の手を取って走り出した。慣れないヒールシューズを履いているからせめて歩いてほしい。あと人混みの中を走るのは危ないし、すれ違う人達から〝青春しているねぇ〟って言われて恥ずかしい。

でもこういうのも悪くないと思う自分がいることも確かだ。私なんかのことを慕ってくれる男の子と文化祭を回る。理想の相手とちょっと違うけど、八坂君と一緒にいると元気を貰《もら》えるし楽しい。

「うわぁ……結構種類があるんですね。二階堂先輩のオススメはどれですか？」

グラウンドに設けられている屋台群に到着した私達は、早速目当てのクレープ屋の前にいた。文化祭の屋台と侮《あなど》るなかれ。明和台《めいわだい》高校バレー部が出店するクレープ屋は生地の焼き方から包み方までプロから学んでいるので本格的なのだ。本業の部活に精を出せとツッコミを入れてはいけない。

「私のオススメはシンプルなチョコバナナかな。イチゴとカスタードの組み合わせも捨てがたいけど、八坂君の好きなのを選ぶといいと思うよ。どれも美味《おい》しいから」

「なるほど……でも俺は二階堂先輩オススメのチョコバナナにします。先輩が好きな物、俺も食べてみたいんで」

「……まったく。そういうことをサラッと言わないの」

どうして私の周りの男子は歯が浮くような恥ずかしい台詞《せりふ》を何でもない風に口に出来るのだろうか。しかも自然体で言うものだから余計に照れる。

「私はストロベリーカスタードにしようかな。あ、カスタードたっぷりでお願い出来るかな？」

「はい、もちろん出来ます！　二階堂先輩なのでサービスさせていただきますね！」

頬が熱を帯びていることを悟られないように私は努めて冷静な声で注文する。受付をしてくれた後輩部員は元気よく答えてから作業を始めた。薄く綺麗《きれい》な生地をいとも簡単に焼き上げ、そこにバナナやイチゴを盛りつけるとその上から生クリームを大量にかけていく。果物が真っ白になって見えなくなったところでチョコレートソースをまぶし、慎重に生地を巻いたら完成だ。ちなみに私が頼んだ物の場合はチョコレートソースの代わりにカスタードクリームが注がれる。

「何ですか、これ？　生地がパンパンじゃないですか。齧《かじ》ったら絶対にクリームがあふれてきますよね？」

「何を言っているんだい、八坂君。はみ出るくらいでちょうどいいんだよ！　さぁ、空いているベンチを見つけて早く食べるよ！」

私は半ば無意識のうちに八坂君の手を取っていた。

まずいと思って離そうとしたが、子犬系後輩男子は瞬間湯沸かし器の如《ごと》く顔を真っ赤にしながらもすぐにギュッと握り返してきた。指を絡《から》める恋人つなぎではないけれど、自分から男子の手を握るのは初めてなので、意識した途端に急に恥ずかしくなってきた。

無言のまま歩きまわり、気が付けば私達は周囲の喧騒《けんそう》から隔離された誰もいない静かな体育館裏にたどり着いていた。ここは球技大会の時に一人で悔し涙を流していた八坂君を私が慰めた思い出の場所でもある。

「フフッ。なんだか懐《なつ》かしいね」

「二階堂先輩に泣いているところを見られて恥ずかしかったなぁ……でもそれ以上に憧れの先輩に初めて頭を撫でて貰えたことの方が嬉しかったですけどね」

そう言って微笑《ほほえ》みながら八坂君は部室前に野球部が勝手に置いているベンチに腰を下ろした。私もその隣にそっと座った。

すぐ近くで文化祭が行われているとは思えないくらい静寂な空気の中、私達は無言でクレープを食べる。去年と同じ物を頼み、クリームも増やしてもらったのに、なぜか苦い味がした。

「二階堂先輩は……まだ吉住先輩のことが好きなんですよね？」

そんな重たい空気に耐えられなくなった八坂君が口を開いた。彼らしい、ど真ん中ストレートな質問に思わず苦笑いを零《こぼ》しながら、私も真っ向から答えを返した。

「……うん、そうだよ。吉住を好きになってもう一年近くになるかな。吉住はね、私の初恋なんだ」

「でも吉住先輩は一葉先輩と付き合っていますよね？　それでも吉住先輩のことが？」

「それでも、だよ。実はね、八坂君。夏祭りの時に私、吉住に告白したんだ」

「……え？」

「答えは言わなくてもわかると思うけど、清々《すがすが》しいくらいに断られたよ」

私が吉住に告白するとは思わなかったのか、八坂君は目を見開いて驚愕《きょうがく》の表情を浮かべている。彼に構わず私は言葉を続けた。

「告白したことに後悔はない。むしろしないままでいた方が後悔すると思った。私にそう思わせたのは他でもない八坂君、キミだよ」

「俺が原因なんですか？　そんな、俺は別に何も……」

「ねぇ、八坂君。どうしてキミは私に告白をしたの？　私が吉住のことを好きだってことはあの時すでに知っていたよね？」

私からの問いかけに八坂君は恥ずかしそうに目を逸《そ》らして、顔を真っ赤にしながらか細い声で答えた。

「本当は告白するつもりはなかったんですよ。ただ二階堂先輩への想いが溢《あふ》れてきて、気が付いたら〝好きです〟って口が動いていました」

照れ臭そうに頬を掻《か》きながら八坂君は言った。けれどその眼《め》は真剣で、あの時の言葉に一切嘘《うそ》はなかったと主張している。

「フフッ。私が吉住に告白したのもそれと同じだよ。前に進むために、付き合えないとわかっていても〝私はキミのことが好きなんだよ〟って吉住に伝えようと思ったんだ」

「吉住先輩に想いを伝えて……二階堂先輩は前に進めそうですか？」

相変わらずストレートに痛いところを突いてくるね、八坂君。私はふぅと深呼吸を一つして、雲一つない空を見上げながら正直な気持ちを吐露した。

「どうだろう、正直よくわからないかな。想いを伝えたことで心の中は随分と軽くなったけど、私の中には吉住への想いは残っているからね。自分の中で折り合いを付けるにはまだ時間はかかると思う」

吉住のことが好きだった気持ちを無理に忘れて一生消えない傷痕にするのではなく、時間をかけて自分の心の一部になるように溶かしていく。それはとても大変な作業だけど、これから先も良き友達として過ごしていけるように頑張ろうと思う。

「だからごめんね、八坂君。キミの想いには今すぐ応えることは出来ないよ」

私に憧れて明和台高校に入学してきた八坂君。心地いいくらい常に真っ直《まっす》ぐな気持ちをぶつけてくる八坂君に、不純な気持ちを抱えたまま応えるのはあまりにも失礼だ。彼の好意を弄びたくない。

「ありがとうございます、二階堂先輩。わかりきった答えを聞くのが怖くて逃げていましたけど、これでようやく俺も前に進めそうです」

「八坂君……？」

健気《けなげ》な子犬系な男の子だと思っていた八坂君の顔は、己の魂に固い決意を刻み込んだ男の顔になっていた。

「俺も二階堂先輩のことは諦めません。振り向いてもらえるようにこれからもっと頑張ります！」

「私の話を聞いてた？　キミの気持ちに応えることは出来ないって私は言ったんだけ

ど?」

「違います。間違っていますよ、二階堂先輩。先輩は〝今すぐは〟って言ったんです。だから俺はその日が来るまで自分を磨いて待つことにします」

その真剣な眼差《まなざ》しを向けられて私の心臓がドクンと跳ねる。可愛《かわい》い後輩君だと思っていたのに急に男の顔になるのは卑怯《ひきょう》だよ、八坂君。

「俺は明和台高校に来る前から二階堂先輩に惚《ほ》れていたんですよ? 振られてすぐに次の恋を探せるほど二階堂先輩への想《おも》いは軽くないし、何より俺は諦めが悪いんです」

そう言ってニコリと笑う八坂君。そこまではっきりと言われてしまったら、これ以上私から何か――それこそ私のことは諦めてなんて――言うことは出来ない。

「いばらの道を自分から進むなんて……八坂君ってもしかしてドM?」

「ち、違いますよ⁉ でも二階堂先輩が相手ならそれもあり……です」

「フフッ。心の声が駄々洩《も》れになっているよ? まぁ私も人のことは言えないんだけどね」

「え⁉ 二階堂先輩もMなんですか⁉」

「よし、八坂君。ちょっと歯を食いしばろうか?」

私が笑いながら拳を構えると八坂君はすぐにガバッと頭を下げた。まったく。どうしてそういう話になるのかな。

「99％叶《かな》わぬ恋に焦がれた似た者同士って意味だよ。キミも私もね」

「でも残り1％の確率で叶うかもしれないんですよね？　それなら俺はその可能性に賭けます！　もちろん、二階堂先輩の迷惑にならないようにしますから安心してください！」

「……ありがとう、八坂君」

ここまで想われているなんて私は幸せ者だな。いつかちゃんと彼の気持ちに応えて上げられたらいいんだけど、それればかりは神のみぞ知る未来だ。

「さてと。楽しい時間はあっという間に過ぎていくものだね。終わりの時間も近づいてきたことだしそろそろ戻ろうか」

「そうですね。陽《ひ》も落ちて涼しくなってきましたしね。よかったらこれ着てください」

頬をわずかに赤くしながら八坂君は自分が着ていた制服のブレザーを脱いで私に手渡してきた。

「気遣ってくれてありがとう、八坂君。でも残念。もし後ろからそっと着せてくれたらキュンってしたんだけどなぁ」

「……二階堂先輩、テイク2させてもらってもいいですか？　というかさせてください、お願いします！」

「ダメ。そういうのはさりげなくやるからカッコイイの。もっと少女漫画を読んで勉強しなさい」

そんなぁ！　と嘆く八坂君。まったく、本当にからかい甲斐《がい》がある可愛い後輩君だね、キミは。もしかしたら彼に絆《ほだ》される日は遠くないかもしれない。ぼんやりとそんなことを考えながら、私達は校舎へと戻ったのだった。

第9話 ● 少し早いデンジャラスな仮装パーティ

I'm gonna live with you not because my parents left me their debt but because I like you

文化祭はつつがなく終了し、我らの喫茶店が叩《たた》きだした売り上げは明和台《めいわだい》高校文化祭史上最高額を更新したと大槻《おおつき》さんが満面の笑みで報告した。衣装代や食材等にかかった経費を差し引いても十分すぎるほどおつりがくるので、後日担任の藤本《ふじもと》先生の知り合いが経営している焼き肉店を貸し切ることが決定した。

「勇也《ゆうや》君、今年の文化祭は楽しかったですか？」

帰宅後、夕飯を食べ終えてソファでくつろいでいると楓《かえで》さんが俺の肩に頭をコテッと乗せながら尋ねてきた。

「すごく楽しかったよ。久しぶりに貴音《たかね》姉さんに会えたし、メイドな楓さんと文化祭を見て回ることも出来たからね」

今年の文化祭の個人的ハイライトは楓さんのメイド姿に尽きる。もう見られないんだと思うとたくさん写真を撮っておくんだった。それが唯一の心残りだ。

「フフッ。そんな勇也君に朗報です。メイド服ではありませんが、もうすぐ季節はハロウィンなのでそれ用の特別な衣装を用意しました！」

「え、マジ？」

パチパチと満面の笑顔で拍手しながら発表する楓さんに、俺が思わず即答で聞き返してしまったのは文化祭で疲れ果てているからだ。断じてハロウィン用の衣装に心を惹《ひ》かれてテンションが上がったわけではない。

「フフッ。マジですよ。メイド服も考えたんですが、短期間の間に何度も着たら勇也君も飽きちゃうだろうと思ったんです。ですが、ミニスカメイドを超える過激で可愛い衣装ですよ。見たくないですか？」

舌なめずりをしながら楓さんに耳元で蠱惑《こわく》的かつ甘美な声で囁《ささや》かれて俺はゴクリと生唾を飲み込んだ。

わざわざ俺のために用意してくれた衣装がどんなものなのか、一瞬でも気になってしまった時点で楓さんの勝ちだ。俺は蚊の鳴くような声で〝見たいです〟と呟《つぶや》いた。

「素直でよろしい。それでは準備をしてくるのでここで少し待っていてください。準備が出来たら呼ぶので寝室に来てください。くれぐれもお着替えを覗《のぞ》きに来たらダメですよ？ダメですからね？」

「ダチョウな三人組的な前振りだと思うけど覗きに行かないからね？」

まったく。そんなこと言いながら本当に俺が覗きに行ったら絶対に〝勇也君のエッチ！〟と顔を真っ赤にして叫ぶよね？　中途半端《ちゅうとはんぱ》な挑発をするのは楓さんの悪い癖だよ。

「そ、そんなことないですよ？　もし勇也君が覗きに来たらその時はむしろベッドに押し倒しちゃいますよ？」

「はいはい。目を泳がせながら言ったら説得力ないですからね」

俺が呆《あき》れたように言うと楓さんは悔しそうに頬を膨らませながら勇也君のいじわる！と捨《す》て台詞《ぜりふ》を残して逃げるように寝室へと逃げて行った。

楓さんがいなくなって一気に静かになったリビングで、俺はソファに深々と腰かけて天井を見上げながら考えを巡らせる。

「特別な衣装って言っていたけど、きっと相当エロ可愛い服なんだろうな。それで俺を誘惑して来るに決まっている」

イメージするのは文化祭で着ていたのよりもさらに短い、頭に超がつくミニスカートの服だ。それこそ下着が見えるか見えないか瀬戸際《せとぎわ》な感じで、胸元はばっくり開いていて上乳が露出。谷間もがっつり見えている感じのやつ。

最早《もはや》服というより下着だよね、それ!?　と顔を真っ赤にして突っ込む俺を無視して、蟲惑的な笑みを浮かべながら四《よ》つん這《ば》いになって迫ってきて――――

「――――うん。多分、きっと、おそらく、maybe こんな感じだな。まぁそんな服が存在しているかどうかはわからないけど」

「勇也く――――ん！　お待たせしました！　準備が出来たので寝室に来てください！」

頭の中で想像を巡らすこと数分。楓さんからお声がかかったので俺は深呼吸を一つしてから寝室へ向かった。

「楓さん、入るよ」

声をかけながらガチャッとゆっくりと扉を開けると、目に飛び込んできたのはベッドの上に四つん這いで雌豹《めひょう》のポーズをしている楓さんの姿だった。え、どういうこと？

「勇也君！　トリックオアトリートです！　お菓子をくれなきゃ悪戯《いたずら》しちゃいますよ！　むしろ悪戯させてください！」

ガチャッ。俺は静かに扉を閉めて大きく深呼吸をした。俺の目はどうにかなってしまったのだろうか。おかしくなっていなければ、寝室にいたのはデンジャラスな狼《おおかみ》さんだ。どれくらいデンジャラスかというと肌色面積がすごく多い。特に胸部の破壊力がヤバイ。まぁそれは今更だが、とにかくあの楓さんは危険だ。主に俺の理性が吹き飛ぶという意味で！

「き、きっと俺の見間違いだ。楓さんがあんな格好をするはずがない。うん、俺の内なる願望がきっと幻覚を見せたんだ。そうに違いない」

自分にそう言い聞かせ、俺が再び扉を開けると目の前に楓さんが立っていた。涙目で頬をぷくぅと膨らませている。

「勇也君！　どうしてすぐに扉を閉めたんですか⁉　ひどいです！　断固抗議します！」

その仕草は非常に可愛い。可愛いのだが目のやり場に非常に困る。裸より煽情的《せんじょうてき》でそれは仮装なのか⁉　と問いたくなる。

「ど、どうですか？　メイド服を調達しに行った日に宮脇《みやわき》さんに勧められて買ったんです。巷《ちまた》ではドスケベ衣装などと呼ばれているそうです！」

犯人は【カラリーヴァ】の店長さんかぁ――‼　なんてものを用意したんですかねぇ⁉　よりにもよってこれをチョイスしますか！

「ゆ、勇也君？　どうしたんですか、黙って……あの、感想をですね……聞かせてほしいんですけど……」

ごくりと生唾を飲み込み、改めて楓さんを見つめる。こうして見ると本当にこの衣装はデンジャラスだ。

楓さんが身に着けているのは本物かと見紛《みまご》うほどのケモミミ。レース生地のロンググーローブに生足をさらに官能的に飾る網タイツ。首元、手首、足首にふわふわのファーを巻いている。しかし衣装がデンジャラスと呼ばれる所以《ゆえん》は上下の衣装にある。

上はどうしてこうなったんだと言いたくなるほど布面積の小さいマイクロブラ。ファーと同様に触り心地抜群そうなもふもふがあしらわれており、楓さんのたわわな果実の上と下とか横とかがバッチリ見えている。控えめに言ってヤバイ。下のショーツも最低限隠す程度の面積しかなく、これもまた欲情を刺激するからヤバイ。ダメ押しにお尻に装着しているふさふわの大きな尻尾も可愛《かわい》くてヤバい。

そんな三冠王的な組み合わせだから、魅惑のデコルテゾーンだけでなく健康的で引き締まったくびれやお腹《なか》は丸出し。綺麗《きれい》な背中も露出全開だろう。もう何が何だかわからない。

「あ、あの……勇也君？　黙っていないでなんか言ってくださいよ……こ、これでも少しは恥ずかしいんですよ？」

俺の中の理性がガタガタと音を立てて崩れていく。いや、だってそうだろう？　こんな煽情的な衣装を着ておきながら実は恥ずかしいんですと上目遣いで告白されたらあまりの可愛さにノックアウトになるだろう？　なるよね⁉

「うぅ……やっぱり攻めすぎですよね……宮脇さんの嘘《うそ》つき……ぐすん」

いけない。日本一エロ可愛い楓さんを前にして語彙力とともに意識を彼方《かなた》に飛ばしてい

たら楓さんが半泣きで俯《うつむ》いてしまった。

「そんなことない！　何も言えなかったのはあまりにも似合っていたからというかむしろ裸よりエロくてヤバイというか……理性が爆発寸前で……つまり何が言いたいかって言うと、すごく可愛いです」

「……勇也君。もう一度言ってください」

「……すごく可愛いです。それとエロいです。勘弁してください。最高です」

裸以上に魅惑的な格好に脳は蕩《とろ》ける寸前でまともに思考できない。そのせいで自分でも何を言っているのかわからないが言い終わった瞬間に満面の笑みを浮かべた楓さんが胸に飛び込んできた。

「えへへ。すごく嬉《うれ》しいですっ！」

あぁ、もう本当にこの狼娘は可愛いなぁ！　頭を撫《な》でると嬉しそうに目を細めて笑う楓さん。俺は俺で色々柔らかい感触を味わうことが出来て幸せだ。

「ねぇ、勇也君。私にも何かご褒美《ほうび》をくれませんか？」

「……何をご所望ですか？」

ある意味裸よりも煽情的な衣装を着ている楓さんに耳元で甘えられて断れるはずがない。よほどのことでなければ要望には応える所存だ。

「あのですね、明日のお休みに一緒にプラネタリウムに行きませんか？　勇也君とまた星を見たいんです」

甘えた声で懇願して来る楓さんは衣装と相まってまるで子猫みたいだ。そんな彼女が愛《いと》おしくて優しく頭を撫でる。

「うん、いいよ。それじゃ明日はプラネタリウムデートをしようか。場所はもうすでに決めてあるの？」

「はい！　はい！　すでに場所の選定は済ませてあるので安心してください！」

えへへと顔を蕩けさせて楓さんは俺の胸に頰を擦り寄せて来る。本当に可愛い子猫ちゃんだな。

「ところで勇也君。最初の質問に戻ってもいいですか？」

「質問？　別にいいけど何？」

「勇也君、トリックオアトリートです！　お菓子をくれなきゃ食べちゃいますよ？　いいんですか？」

舌なめずりしながら艶美《えんび》な表情で楓さんに迫られて、俺は脱兎《だっと》の如《ごと》く寝室から逃亡したのだった。ホント、心臓に悪いから勘弁してください。

第10話 ● プラネタリウムデートと楓さんの決意

I'm gonna live with you not because my parents left me their debt but because I like you

翌日。電車で移動して俺達二人がやって来たのは日本有数のオフィス街と商業施設が立ち並ぶショッピング街とを結ぶ場所。こんなところにプラネタリウムがあるのかと驚いていると、楓《かえで》さん曰《いわ》く最近オープンしたと教えてくれた。

「床から天井までまるっと映像を投影させることでこれまでにない没入感の高解像度ドーム映像を体験できる、というのが売りらしいです。さすがは世界有数のプラネタリウム機器メーカーさんです！」

「いや、戦慄するのはそこですか。まぁ確かにすごいと思うけどね。それに加えて特注のペアシートもあるんでしょう？」

「はい！　ゆったりと宇宙を漂うような座り心地を追求したとか。もうワクワクが止まりません！」

楓さんは終始このようにハイテンションでご機嫌な蝶《ちょう》になっている。煌《きら》めく風に乗ってどこかに行かないようにしっかりと手を握っておかないとな。

「勇也《ゆうや》君、その手を離さないでくださいね？　まぁ私は離すつもりも離れる気もありませんが」

「俺もそんな気はないよ。ただちゃんと握ってないと楓さんはすぐに暴走してどこかに行っちゃいそうだからね」

「ちょっと勇也君。私を何だと思っているんですか？　人を暴走機関車みたいに言うのはやめてもらえますか？　心外です」

ぷんぷんと頬を膨らませて怒っているアピールをする楓さん。いや、放っておくとあなたはすぐに妄想の世界に行ってしまうじゃないですか。しかも妙にリアリティのある妄想な上に駄々洩《も》れだから聞いている俺はなんて反応したらいいか困る。

「妄想だなんて失礼です！　私がしているのは妄想ではなく未来視です！　起きる可能性のある未来を視《み》ているだけです！」

「つまり回避可能ってことだね？　それなら俺が行動を起こさなければ何も起きないね」

「そんな殺生《せっしょう》な!?」

途端に涙目になってブーブー言いながら俺の腕を引っ張って抗議してくるが勘弁してほしい。

「でも私は知っています。なんだかんだと言いながら勇也君は私の願いを叶《かな》えてくれる優しい人だってことを」

「わぁ……さすが楓さん。俺のことならなんでもお見通しなんだね！　ってそんな馬鹿な⁉　俺はそんなに甘くないですよ⁉」

「もう、仕方ないですね。そんなに言うなら勇也君も私で妄想していいですよ？　その妄想を私が叶えてあげます！　これならイーブン、等価交換ですね！」

そっか。楓さんが俺の妄想を叶えてくれるのか。と言っても同棲《どうせい》（のちに結婚）という環境に身を置いているだけで満足だよ。だから特別なことはいらないよ。

「えへへ。私も勇也君と一緒にいられるだけで幸せですよ」

満面の笑みを浮かべて俺の腕にギュッと抱き着いて来る楓さんの頭を優しく撫でると気持ちよさそうに顔を蕩けさせる。可愛すぎるだろう。

「はっ⁉　ダメです、いつまでもこうしていたら上映時間に間に合わなくなってしまいます！　急ぎますよ、勇也君！」

トリップから覚醒した楓さんに手を引かれ、俺達は急いでチケット窓口へ向かう。そこから先は楓さんが電光石火で全て済ませ、気が付けばプラネタリウムのドームシアターの中に到着していた。

「おぉ……これが噂《うわさ》の宇宙を漂うような座り心地という特別シートですね！　さぁ勇也君、飛び込む準備はいいですか⁉」

カップルシートを前にして目をキラキラと輝かせて興奮している楓さん。だが俺も正直どんな座り心地なのか気になってしょうがない。

移動中の電車の中で調べた限りでは、このシートは5つしかない特別限定席。見た目は青空に浮かぶ雲のように真っ白で、座らなくてもふわふわでふかふかなのが理解出来る。筋斗雲《きんとうん》みたいだ。

「いや、気持ちはわかるけど飛び込んだら危ないからダメだよ。ほら、一緒に座ろうよ」

我慢の限界が近いのか、鼻息を荒くし始める楓さんに手を差し出す。恥ずかしいけどこの雲の上に一緒に座りたかった。

「それじゃいきますよ……せ——の！」

えいっ、と楓さんの可愛い声に合わせてシートの上に飛び乗った。その瞬間、身体《からだ》がふわりと浮いたような不思議な感覚に見舞われた。

「すごいです！　どこまでも沈み込むような感じがするのに身体は安定しています！　これはあれですね、人をダメにするクッションの究極系ですね！」

「人をダメにするクッションに座ったことがないからわからないけど、これはすごいね。

横になったら起き上がれなくなりそうだよ」

「でもせっかくですから寝っ転がって観《み》ましょうね！　その方が絶対に楽しいです！」

そう言って楓さんは俺に飛びついてそのまま押し倒してきた。

「フフッ。このままギュッてしながら観賞してもいいですか？　いいですよね？　答えは聞きません！」

「いや、別にいいんだけどね。いいんだけどさすがに始まってからにして欲しいかな？　まだ明るいから他のお客さんにもその……丸見えで恥ずかしいよ」

ここが家だったらもちろんその限りではないし、俺も遠慮なく楓さんのことを抱きしめていただろう。だがここはプラネタリウムという施設であり、まだ上映前なので場内も明るい。そんな中で抱き合うなど顔から火が出るくらい恥ずかしい。

「……そ、そうですね。さすがにちょっと……はい。反省します」

顔を真っ赤にしながら楓さんはちょこんとシートの上で正座をして俯《うつむ》いてしまった。よく見ると耳だけではなく首筋の方まで赤みを帯びている。よっぽど恥ずかしかったんだろうな。

「うぅ……だって勇也君とハグしたかったんだもん。勢い余っちゃっただけだもん」

「そうだね。勢い余っちゃっただけだよね。よしよし、元気を出して。上映が始まったらギュッてしていいからね」

落ち込む子供をあやすように、楓さんの頭を優しく撫でる。こうやって甘やかすからダメなんだろうなって思うけど、可愛《かわい》いからつい撫でたくなってしまうのだ。可愛いは正義なのだ。

「えへへ。早く始まって欲しいです。早く勇也君とギュッてしながら星空が観たいです！」

落ち込んだと思ったらすぐに元気になってはにかんだ笑みを向けてくれるのも可愛いんだよなぁ。なんてことを思いながら、俺は上映が始まるまで楓さんのことを撫で続けたのであった。

＊＊＊＊

俺の記憶の中にあるプラネタリウムは投影機によって映し出された星座の解説を聴きな

がら眺めるというものだが、最近は随分と変化したようだ。

「すごいですね、勇也君。世界の星空ってこんなにも綺麗《きれい》なんですね……」

楓さんの声音もどこかうっとりしている。それもそのはず。頭上に広がる星空は見たことがないくらい輝いている。幻想世界を導くのは低音で深みのある有名声優さんのナレーションと心を癒《いや》す音楽。世界中を船に乗って旅をして各地の空を巡っていくプログラム。北半球から南半球、世界の星々を巡る壮大な冒険。南十字星や都会じゃ観ることの叶わない天の川、湖面の水鏡に映し出される満天の星。儚《はかな》いけれど美しい夜空と朝日が昇る瞬間の力強さ。絶景に圧倒されて言葉が出てこない。でも――

「いつか勇也君と一緒に行きたいですね」

「いつか楓さんと一緒に行きたいね」

声が重なり、思わず顔を見合わせてクスリと笑い合った。考えていることがまさか同じだったとは。

「映像ではなく、本物の星を観たいですね。そうしたらきっと今以上に感動すると思います」

「うん……楓さんと一緒にこんな綺麗な星空を観ることが出来たら多分何も言えなくなり

そう」

「……それはどうしてですか？」

「だって大好きな人と一緒にいるだけで楽しいのに、その上この絶景だよ？　俺の貧相な語彙力じゃ、口から出るのはきっと〝綺麗だね〟くらいだよ」

その言葉を向けるのは星空だけではなく楓さんも含まれる。むしろ空を観ながらではなく楓さんの真珠のような瞳を見つめながら言うことになるだろう。あぁ、でも楓さんならきっと、

——星空と私、どっちが綺麗ですか？

とか聞いてきそうだな。それで俺を戸惑わせようと企《たくら》んでいるのだろうが甘いな。その時の俺は、空一面に無限に広がる星を観て感動している楓さんしか見ていないと思う。

答えた俺に対して楓さんはきっと頬を赤くしながら、

——せっかくの星空なのに私ばかり見てどうするんですか？

なんて言ってきそうだ。事実だけどそう言われるとそっちの方が照れるな。

「……勇也君？　ぼうっとしてどうしたんですか？　大丈夫ですか？」

「大丈夫だよ。どんな星空よりも楓さんの方が綺麗だよなぁって考えていただけだから」

「――――⁉　ゆ、勇也君⁉　何を言っているんですか⁉」

「……うん、忘れてくれ」

俺は何を口走っているんだ⁉　よりにもよってちょっと先の未来を想像して浸っていた状態のまま楓さんの問いかけに反応してしまった。何が〝どんな星空よりも楓さんの方が綺麗だよ〟だ！　キザにもほどがあるだろうが！　まぁ事実なんだけど。

「無理ですよ……忘れられるわけないです。こんな綺麗な星空よりも私の方が綺麗なんて言われたら……恥ずかしいですけど嬉《うれ》しくて飛び跳ねたいくらいです」

「いや、さすが飛び跳ねるのはまずいから……はい、おいで」

俺は静かに両手を広げた。それは時たま夜寝るときに甘えたそうに見つめてくる楓さんに対して行う合図。

「えへへ。やっと勇也君がハグを許可してくれました！　んぅ……幸せです」

「……星も見ようね？」

「勇也君には言われたくないです。でも……私を見てくれるのは嬉しいです」

くしゃっとした笑みを浮かべて子猫のように俺の胸にすりすりと頬を擦《こす》りつけてくる楓さん。その頭をわしゃわしゃと撫《な》でながら一緒に空を眺める。

映像は星からオーロラへと変わり、神秘的な世界が目の前に広がった。色鮮やかな光のカーテン。真っ黒な夜空に一生に一度は観たい景色がそこにあった。

「満天の星もいいですが……オーロラも観たいですね。空気が乾燥していて、かつ極地でないと観ることが出来ないですけど」

「楓さんと色んな所に行きたいなぁ」

「行きましょう。一緒に色んな所に行って、思い出を作りましょう。時間はたくさんありますから」

楓さんが耳元でそっと囁《ささや》いて、ギュッと抱きしめてくる。そうだ、高校を卒業しても大学、社会人になっても楓さんと変わらず一緒なんだ。だからこれから時間はたっぷりある。

「ねぇ、勇也君。大事なお話があるんですけど……聞いてくれますか？」

「……楓さん？　改まってどうしたの？」

突然、真剣な声音で話しかけてきたので俺は思わず聞き返してしまった。緊張しているのか、ほんの少しだけ身体を震わせながら楓さんは言葉を紡《つむ》いだ。

「文化祭の前にお母さんと電話で話して言われたんです。〝あなたはこれからもきっと色々なことに挑戦していくと思うわ〟って」

「確かに……全国女子高生ミスコンにもチャレンジしたくらいだからね」

「同じことをお母さんにも言われました。まぁその話は置いておいて。何が言いたいかというと、これから先もずっと、私は公私ともに勇也君を支えるパートナーでありたいんです。そして勇也君と一緒に〝一葉《ひとつば》〟の名前を背負って生きていく。それが私の夢です」

だからと一拍置いてから楓さんの口から発せられた言葉に、家に帰ったら両親が借金を残して消えていた時に匹敵するくらいの衝撃を受けた。

「そのための選択肢として……私は高校を卒業したらアメリカの大学に行こうと考えています」

アメリカの大学に進学する。その言葉が意味するのは楓さんとの離別。そう認識した瞬間、俺の目の前は真っ暗になった。

了

あとがき

皆さん、お久しぶりです。雨音恵《あまねめぐみ》です。『両親の借金を肩代わりしてもらう条件は日本一可愛《かわい》い女子高生と一緒に暮らすことでした。』第四巻をお買い上げいただきありがとうございます。

波乱の三巻ラストシーンから四ヶ月。大変長らくお待たせいたしました。

四巻は哀《あい》ちゃんの告白の返事から幕を開け、完璧な楓《かえで》さんがアルバイトに挑戦したり新キャラのお姉さんが登場したり、さらに一大イベントである文化祭があったりと、イベントが盛りだくさんとなっております。

今回もkakao先生に素敵なイラストを描いていただきました！　メイドな楓さんと哀ちゃんは最高の一言に尽きますね！

ですがその裏では大きな問題――通称〝メイド多すぎ問題〟が発生していました。

担S「雨音さん、楓さんのメイドのコスプレはいいんですが多すぎるのでどこか一か所変えてください」

雨音「え……ダメですか？　全部メイド服のデザイン変えているんですけど……」

担S「作中季節的にハロウィンじゃないですか。猫耳とナースとかじゃダメなんですか?」

雨音「それなら書きたいコスプレがあるんです！　こういうやつなんですけど――」

担S「いいですね！　それでいきましょう！」

楓さんのメイド服姿をたくさん見たいという僕の欲求が無意識のうちに反映されていた物が担当さんの一言で見事に改善された瞬間です。デン●ャラスビー●ト、最高！

それでは謝辞へ。

担当Sさん。今回も大変お世話になりました。的確な助言のおかげで四巻をより良《い》い物に仕上げることが出来ました。メイド服、たくさん書いてごめんなさい。次はナース服か巫女《みこ》服を書きますね！（違う、そうじゃない）

本巻も引き続きイラストを描いてくださったｋａｋａｏ先生。勇也《ゆうや》君と楓さんの仲睦《むつ》まじいカバーイラストや口絵の楓さん＆哀ちゃんのメイド服、語彙力が行方不明になるくらいどれも最高に素敵です！　ありがとうございます！

本書の出版に関わって頂いた多くの皆様にも感謝申し上げます。

そして読者の皆様。こうして四巻を執筆することが出来たのは皆様のおかげです。購入報告や感想を見るたびに嬉《うれ》しくなると同時に〝もっと頑張らないと！〟と気合が入ります。

そしてここで皆様に大事なお知らせを。すでにご存じの方もいらっしゃるかと思いますが、帯に書かれているように本作のコミカライズが決定しました!! コミカライズが決まるということは楓さんや勇也君が漫画になるということです（パニック状態）。

ちょうど一年前に一巻を発売した時に「コミカライズできたらいいなぁ」と思っていた夢を叶《かな》えることが出来ました。読者の皆様の応援があったからこそだと思います！　本当にありがとうございます！

コミカライズの詳細につきましてはファンタジア文庫公式Twitter、もしくは私のTwitterで随時お知らせしていきますのでチェックしていただければと思います！

物語は秋から冬へ。文化祭が終わったら何が来ると思う？　決まっているだろう、修学旅行さ！（予定は未定）

それでは、五巻でまた皆様とお会いできますように。

雨音　恵

お便りはこちらまで

〒一〇二−八一七七
ファンタジア文庫編集部気付
雨音恵（様）宛
kakao（様）宛

富士見ファンタジア文庫

両親《りょうしん》の借金《しゃっきん》を肩代《かたが》わりしてもらう条件《じょうけん》は日本一《にほんいち》可愛《かわい》い女子高生《じょしこうせい》と一緒《いっしょ》に暮《く》らすことでした。4

令和３年12月20日　初版発行

著者――雨音《あまね》　恵《めぐみ》

発行者――青柳昌行

発　行――株式会社KADOKAWA
〒102-8177
東京都千代田区富士見2-13-3
0570-002-301（ナビダイヤル）

印刷所――株式会社暁印刷

製本所――本間製本株式会社

ISBN978-4-04-074360-8 C0193

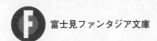

切り拓け！キミだけの王道
ファンタジア大賞
原稿募集中！
賞金
《大賞》300万円
《金賞》50万円
《銀賞》30万円
選考委員
細音啓 「キミと僕の最後の戦場、あるいは世界が始まる聖戦」
橘公司 「デート・ア・ライブ」
羊太郎 「ロクでなし魔術講師と禁忌教典《アカシックレコード》」
ファンタジア文庫編集長
前期締切 8月末日
後期締切 2月末日
公式サイトはこちら！ https://www.fantasiataisho.com/
イラスト／つなこ、猫鍋蒼、三嶋くろね